骨董屋《こっとうや》・眼球堂《がんきゅうどう》

小林栗奈

©ふすい

骨董屋・眼球堂

小林栗奈

一章　革命の瞳

それは、ありふれた眼球模型だった。瞼《まぶた》も睫《まつげ》もないむき出しの強膜《きょうまく》の中央で虹彩《こうさい》と瞳孔《どうこう》が世界を見つめている。

さくらのデパート六階にある書店の一角、サイエンスコーナーの棚にポツンと置かれた模型は長く誰にも顧《かえり》みられずにいるのだろう。埃《ほこり》こそたまっていないが、色はあせ、ずいぶんと古めかしい物だった。

通っている眼科クリニックで飽きるほど見せられてきたから、柚香《ゆずか》は眼球の構造を隅から隅まで覚えてしまったし、リアルな模型を気持ち悪いとか怖いとか思うことはなかった。むしろ製造メーカーや作られた年代によって、材質や細部に違いがあることに気づいてからは、面白がってじっくり観察してしまうくらいだ。

眼窩《がんか》に収まっていない白い球体が筋肉や視神経の束をズルリと纏《まと》わりつかせている様は、

なんだか心細そうで、ユーモラスでさえあった。

「よく見ると、可愛《かわい》い」

前に一度そう言ったら母の寛子《ひろこ》がひどく嫌そうな顔をしたから、それ以来こっそり思うだけにしているし、中学校の理科室で見つけた時などは、クラスの女子たちに合わせて適当に怖がって見せておく。


柚香は腰をかがめて眼球模型と目を合わせた。手頃な価格の物だし、ここがデパートのサイエンスコーナーであることを考えても、なんら特別な模型ではない筈《はず》だ。それなのに、さっきから柚香はこの眼球模型が気になって仕方ないのだ。

平日の昼下がり、柚香の他にサイエンスコーナーに客はいなかった。そもそも、あまりやる気が感じられない売り場だった。狭い空間に、鉱物標本、顕微鏡や試験管、コルク栓から白衣や筋組織図まで、グチャグチャと並べられていて、店員の姿も見当たらない。

書店の方で書棚の整理をしている店員が柚香に（まだいたのか？）という視線を投げてきた。市内で有名な中学校の制服姿でウロウロしているのだから、気にもなるだろう。

サボってるんじゃありませんよ。

柚香は胸の中でつぶやいた。中学校を早退して、かかりつけの眼科クリニックに行った帰りなのだ。二週間に一度の通院には大抵仕事をやりくりして母がついて来るが、今日は外せない用事があるということで、柚香一人で行った。いつも通り、山ほど検査をして、医師に脅《おど》されるようなことを沢山《たくさん》言われて、目薬を三種類ももらった。

これは一日四回、こっちは一日六回、それからこれは夜眠る前にね。起きている間は二時間と間をおかず目薬をささなければならない。

テレビもパソコンも制限されて、それだけではまだ足りないと、活字を読んだり文字を書くことも最低限にするよう言われてしまった。

「目を使うのは授業の時だけね。自宅学習も控えるように。必要なら診断書を出しますから」

「でも……」

銀色のフレームを光らせた医師は、柚香にそう申し渡した。

でも、本を読んだり、物語を書いたりしたいんです。そんなに沢山じゃなくても良いから。目が疲れないように、一日ちょっとだけでも。

勇気を出して聞こうとした柚香をペシンと叩き潰すように、医師は冷たく言い放った。

「目が見えなくなりたいの？　言うことを聞かないと失明しますよ」

それを聞いて、ショックを受けたのは、柚香より母親である寛子だった。

寛子の父親、つまり柚香の祖父は同じ病で視力を失っていた。だから母はことさら神経質になるのだ。柚香の通院に付き添い、生活の全てを厳格に管理するようになった。中学に通うことすら止められそうな勢いだ。

母の目を逃れた時に、ちょっと息抜きするくらい許して欲しい。

少し早めに診察が終わったこともあって、柚香はクリニックからまっすぐ家に帰らずに、さくらのデパートの書店に寄り道をしたのだ。書店では文庫本を一冊買った。薄い本だから鞄《かばん》に隠しておける。休み時間に読んで、読み終えたら文芸部の後輩にあげれば良い。寛子も流石《さすが》に小遣い帳のチェックまではしないから、ばれることはない。

それから書店の一角にあるサイエンスコーナーに立ち寄った時、眼球模型に出会ったのだ。

「何かお探しですか？」

声をかけられて、柚香は顔をあげた。ずいぶん長いこと、眼球模型に見入っていたようだ。わざわざ書店のレジから出てきた店員に、柚香は慌《あわ》てて首を振った。

「なんでもありません」

鞄を抱きしめてその場を離れようとした瞬間、柚香はギクリと立ちすくんだ。ふいに、眼球模型が動いたのだ。光が眩《まぶ》しいというように、すうっと光彩が細められる。

「どうかなさいましたか？」

老舗《しにせ》デパートの店員は柚香のような子どもにも丁寧《ていねい》な口調を崩さないが、表情は好意的なものとは言えなかった。柚香はジリジリ後ずさった。

光の加減か、気のせいかと、一度ぎゅっと目を閉じてから、再び眼球模型を見てみると、やはりその目は動いていた。店員は少しも気づいていないが、採光が動き、目は確かに一定の方向を見ているのだ。

柚香はサイエンスコーナーを離れながら、眼球模型が見つめた先に視線を向けた。あちらには売り場はない。トイレと非常階段に続く通路があるだけだ。

けれど今、そこに一つの扉があった。

柚香は何食わぬ顔をしてエスカレーターに足を向けた。店員が興味をなくして売り場に戻って行くことを背中で確認してから、一つ下の階でエスカレーターを降りて非常階段を使って六階に戻った。

眼球が示し、柚香が見た扉は消えずにそこにあった。

アンティークな木製の扉は、駅の側《そば》にある大正四年創業というコーヒー専門店の扉に似ている。褐色に輝く木製の扉にはステンドグラスが嵌《はま》っていて、中の様子を窺うことはできなかった。

「喫茶店？」

腕時計に目をやって、まだ少しだけ寄り道をする時間があることを確かめてから、柚香は思い切って扉に手をかけた。

凝《こ》った装飾のドアノブはブロンズ製でひんやりとしていた。

扉は、柚香が想像していたよりもずっと軽やかに開いた。扉につけられた銀鈴《ぎんれい》がシャランと優しい音を立てる。ためらいがちに足を踏み入れると、デパートの床材とは明らかに違い、柔らかで味のある板張りの床が微《かす》かに軋《きし》んだ。

ふわりと柚香を取り囲んだのは、古い物の香だった。決して不快なものではないが、祖母の家の納戸《なんど》のような、長くしまい込まれた品々が纏う香だ。

隅から隅まで明るいデパートのフロアに比べると、扉の先の照明は薄暗いと言っていいほど、控えめだった。だから余計に納戸や倉庫を思わせるのだ。

柚香はぐるりと、さほど広くはない店内を見回した。そこは雑貨屋のようだった。壁際の棚と、ガラスの扉がついたキャビネット、幾つか置かれたテーブルに、品が並べられている。

「これは、珍しい」

よく響く深い声をかけられて、柚香は振り返った。

いつの間にか、柚香が入ってきた扉の側に、見知らぬ男が立っていた。まだ若いが、三つ揃《ぞろ》えのスーツを嫌味なく着こなしている。

「この扉が見えるとは、君は変わった目を持っているな」

男は長身で彫《ほり》が深く、口調にはわずかな癖があった。

「大抵の人間は、それと気づかず通り過ぎる筈なのだが」

歓迎されていないようだと、柚香は思った。紹介のない者や子どもが気楽に入ってはいけない、格式の高い店なのかもしれない。

「勝手に入って、ごめんなさい」

柚香は詫《わ》びた。

「それは構わない」

店主らしき男は気を取り直したように、穏やかに言った。

「扉を開けた以上、君は客だ。ここはただの骨董《こっとう》屋。客を選ぶほど大層な店ではない」

「骨董屋なんですか？　ここ」

薄暗さに慣れた目には、並べられた品々がいわゆる新品ではないことがわかった。

「若い人には、アンティークショップと言う方が通りが良いかな。時を経た、それなりに価値のある品々を扱っている店だ。ただ、人の目に特化しているが」

「人の目？」

男はスーツの内ポケットからすっと一枚のカードを取り出した。セピア色の厚手の紙で、左下には模式化された人の目が描かれている。

「……骨董屋・眼球堂《がんきゅうどう》」

差し出されたカードに記された言葉を柚香は読み上げた。他には電話番号だけが印刷されたシンプルなカードだ。およそ商売気《け》というものが感じられない。

「この上なく、わかりやすいだろう？　私の骨董屋で扱う品は、全て眼球にまつわるものだということだ。古今東西、眼球に魅せられる者は少なくない」

「少し見ても良いですか？」

「どうぞ」

店主が鷹揚《おうよう》にうなずくのを確かめて、柚香はそろそろと店内を歩き回った。壁に取り付けられた灯《あか》りが少しずつ光量を増した。驚くことにそれは本物のランプで、オレンジ色の炎が楽しげに揺らめいているのだった。

確かに、そこは眼球堂だった。柚香も良く知る、目玉を模した魔よけのお守りがあるかと思えば、さっきサイエンスコーナーで目にしたのと同じ眼球模型もある。青い瞳の形をしたガラスのペーパーウェイト、無数の目があっちこっちを見ている少しばかり趣味の悪いクッション。

うっとりするほど綺麗《きれい》な品も、不気味な品も、ユーモラスな品も、恐ろしいほど緻密《ちみつ》な品も、どれも見ていて飽きることがない。

骨董屋と言うだけあって真新しい品はなく、少し色あせたり、時には歪《ゆが》んでいたりするのだが、どの品にも、けっこうな値段がついていた。素敵だなと思う品物はあっても、柚香には、ちょっと手が出ない。

「気に入った品物があるなら、君の眼球を担保に譲ることも可能だ」

軽やかに、何でもないことのように眼球堂の店主は言った。

「え？」

「いつか死んで、その眼球が不要になった時、引き渡してくれればいい。店の奥には、そうして手に入れた眼球コレクションがある」

店主はそう言って、店の一角にある深紅の垂れ幕に視線を向けた。

「眼球コレクション？」

そこに男があると言った物を思い浮かべ、柚香は思わず身を震わせた。模型とは違うのだ。ガラスの瓶の中、特殊な溶液に浮かぶ白い球体。

「私の自慢のコレクションを見ていくかい？」

ゆらりと男が足を踏み出し、柚香は押されるように一歩下がった。深紅の垂れ幕の向こうに足を踏み入れたら、二度と戻ることができない。そんな気がした。

「今日は、帰ります」

「そうか」

引き止められるかと思ったが、店主はあっさりうなずいた。

「それならば、これを持って行くと良い」

男は手を伸ばし高い棚から何かを取り出すと、それを柚香に突きつけた。反射的に受け取ってしまうと、手の中にある物は眼鏡《めがね》だった。驚くほどに重い。レンズはガラス製で、フレームのデザインも古めかしい、無骨な眼鏡だ。

「これは？」

「普通の人間に、あの扉は見えない筈だ。今日はたまたま君の心が揺らいでいて、時空の綻《ほころ》びを見つけたのだろう」

今日ここを一度出たら、二度と扉は見つからないと、店主は言った。

「君はなかなか興味深い子どもだ。これきりの出会いにするのは少しばかり惜しい。その眼鏡をかければ誰にでも、店への入口を見つけることができる」

柚香は受け取った眼鏡をじっと見た。

「扉を開くことができるかどうかは、また別の問題だがね」


「お帰りなさい。遅かったのね」

ドアを開けると、ただいまを口にする間もなく、リビングルームから母の寛子が顔を出した。

「どうだった？　先生、なんておっしゃってた？」

「いつもといっしょ」

待ち構えていた寛子に、柚香はうんざりしながら答えた。

「良くも悪くもなってない。同じ目薬をもらって来た」

鞄から出した携帯電話と、クリニックの領収書を渡すと、もっと聞きたそうな寛子を振り切って柚香は自室に向かった。両親が離婚してから母親と暮らしているマンションは、二人には広すぎるほどの四ＬＤＫだ。

一人っ子の柚香は小学校に入る前から個室を与えられていた。パソコンや電子ピアノも、ねだる前に買ってもらえたし、洋服も本もクローゼットや本棚から溢《あふ》れるほど持っている。

でもパソコンは、寛子の手でリビングへ移されてしまった。

ディスプレイを見ることが最も目に悪い。

頑《かたく》なにそう思い込んでいる寛子の監視の元、パソコンも、もちろんテレビも全面禁止だ。携帯電話は持たされたままだが、ネット接続はできない状態になっていて、家にいる時は同じくリビングにある充電器に置いておくルールだった。

寛子は恐らく小まめに柚香の使用状況をチェックしているのだろうが、柚香は特に気にならなかった。もともと携帯電話はほとんど使わなかったのだ。

「柚香、夕ご飯まで、ちょっと目を休ませときなさい」

制服から部屋着へ着替えていると、ノックの音とほぼ同時に寛子が顔をのぞかせた。手には温めたアイマスクがある。目の疲労を取るという宣伝文句のもので、効果の程は知らないが、気持ちが良いのは確かだ。

「ありがとう」

眼鏡を外してアイマスクをつけると、柚香はそのままベッドにぱたんと倒れこんだ。こうしていると、たぶんそのまま眠ってしまう。何だか、最近眠ってばかりいる。やりたいことや、やらなきゃいけないことは沢山あるのに。

鞄の中には、中学校で所属している文芸部の仲間の原稿が入っていた。秋の文化祭で発行予定の部誌の為の作品だ。部員は柚香を入れて六人の小さな部活だが熱心に活動していて、つたないながらも三ヶ月に一度、部誌を発行している。持ち寄った作品を読んで意見を言い合って、修正を重ねるのだ。

ただ、このところみんな息切れをしている。集まった原稿はまだ三編だ。仮にも部長である柚香も未提出だった。原稿用紙十枚程度の短い物語を、まだ書けずにいる。

医師に読み書きを控えるよう言われていることや、もはや病的なまでに柚香を監視する寛子のせいではない。以前の柚香なら、母親の目を盗んでノートに向かっただろう。物語を考えることは、どこでだってできる。パソコンがなくてもノートやペンがなくても。

でも今、柚香は書きたい気持ちを無くしてしまった。

もし、このまま視力が落ちて、何も見えなくなったら……日常のふとした瞬間に、そんな想いに捕らわれると、心は苦しくて、他のことが考えられなくなるのだ。

でも今日は、久しぶりに何だかワクワクした。

柚香はアイマスクを取って起き上がった。学生鞄を引き寄せると、あの店で店主に渡された眼鏡を取り出してみた。かなり重いその眼鏡を恐る恐るかけてみると、度は入っていない、ただのガラスだった。

裸眼《らがん》だと、柚香にはほとんど何も見えない。馴染《なじ》んだ自分の部屋でさえ、物の形がかろうじて判別できるだけだ。

「なんだ、ただの伊達《だて》眼鏡じゃん」

柚香は外した眼鏡をぽんとベッドに落とした。

それでも翌日、柚香はさくらのデパートへ向かい、サイエンスコーナーのあるフロアに行った。明るい照明の下で世界はくっきりと鮮やかで、非常階段とトイレに続く通路に幻の扉は見えなかった。

柚香は抱えていた鞄から眼球堂の店主に渡された眼鏡を取り出して、そっと目の前にかざしてみた。自分の眼鏡はかけたまま、双眼鏡をのぞくように。

ゆらりと、陽炎《かげろう》が立ちのぼった。ぼんやりと輪郭が生まれ、そこに空気が凝縮されるように少しずつ色が増していって、やがてあの扉が現れたのだ。眼鏡をずらしてみても、一度はっきりと捉えた扉が消えることはなかった。

柚香は眼鏡を鞄にしまって、迷いのない足取りで扉に向かった。

シャランと銀鈴が鳴ると、奥のテーブルで何かを修理していた店主は手を止めた。

「ああ、君か」

とうてい待ちわびていたようには見えないが、かといって迷惑がっているのでもない口調でつぶやいて、店主は柚香を迎え入れた。彼が壁に向かって手を振ると、ランプの炎がゆらめき始めた。

「欲しい物は決まったかい？」

柚香はうなずいた。

「眼球コレクションがあるって本当ですか？　それが欲しいです」

「……どういうことかな？」

「私の目と、ここにある品物を取り替えることができるなら、私が何かを支払えば、目をもらえるんですか？」

昨夜ずっと考えていたことだ。

ある筈のない空間にある不思議な店の店主はこともなげに、柚香の眼球を貰い受けると言った。沢山の眼球コレクションがあるのだと。

彼には可能なことなのだ。

柚香は悪魔に魂を売る男の気持ちがわかった。科学を超えた禁忌ではあっても、死者を蘇らせよというのではない。失われた視力を取り戻すことも望んでいない。ただ、このままで。

私の世界から光を奪わないでください、と。せめて後三十年、いや十年でも良いから。

「あなたならできるんでしょう？　この店なら」

「高いよ」

店主は短く答えた。できないとは言わなかった。ただ、高いと。

柚香はうつむいた。中学生の柚香に自由になるお金は多くない。月の小遣いの他にお年玉を貯めた口座もあるけれど、母親の許可がなければまとまったお金を下ろすことはできない。それに、全部下ろしたところで、ぜんぜん足りそうにない。

店主はいくらかは口にはしなかったが、この店に並んでいる品物の値段を見れば、秘密のコレクションの価格が十万円、二十万円ですむとは到底思えない。


「物語を買っても良いかな」

うつむいたままの耳に、そんな言葉が滑り込んできた。

「……物語？」

柚香が文芸部で、物語を書くことが好きだと、なんで店主が知っているのだろう？　でも、それは柚香の思ったようなことではなかった。

「この店で扱うのは骨董品だ。そして古い品物は必ず、物語を持っている。大抵は語り継がれるものだが、途中で失われてしまうものもある。ペテン師は、自分で勝手に物語を作って品物を売りつけたりするが、私はそういうことはしない」

柚香はうなずいた。確かに骨董品のコレクターは品そのものよりも、そこに付随する物語を買うのかもしれない。そして柚香には、目の前で微笑《ほほえ》む男が、いい加減な作り話を好まないたちであることもわかった。

「世の中には、物語を読み取る才能を持つ者がいる」

眼球堂の店主は囁《ささや》くように続けた。

「残念ながら、私にはその才能はないようだが、ここの扉を見つけた君なら可能性はあるかもしれない。もし、店にある品から正しく物語を読み取ることができたら、その対価に君に良く見える目を譲ってあげても良い。その力があるか、試してみるか？」

「もちろんです」

店主は薄く笑った。昨日眼鏡を取り出した棚に向かうと、今度は腰の高さにある引き出しを開けて、別の眼鏡を一つ取り出す。緑色のレンズが入った六角形の眼鏡だ。

「これは、隠し絵を見抜くことができる眼鏡だ。もちろん、その才能がない者が使っても、ただの緑色に見えるだけだがね。あちらの壁を見て」

店主が指差したのは一枚のタペストリーだった。深緑の布地に葡萄の房が織り込まれている美しい物だ。

「あれは比較的新しい品だが、不思議な力を持っていてね。複数の目が隠されている」

柚香は目を細めた。大きな絵画のようなタペストリーだ。葡萄《ぶどう》は模様ではなく、風景画のように自然の姿のまま描かれている。絡まる蔦《つた》や、羽を休める小鳥、全てが生き生きとしていた。そのどこにも「目」は見つからない。

店主が六角形の眼鏡を差し出した。

「この眼鏡は私も使える。だから私は正解を知っている」

柚香は自分の眼鏡を外してテーブルに置くと、渡された緑の眼鏡をかけた。今度の眼鏡にはしっかり度が入っていて、しかも柚香にぴったりだった。いや、最初はぶれていた画像のピントが合ったのだ。カメラのオートフォーカスのように。

ピントは合っているものの、視界は淡い緑に染まり、これではとても緑を基調としたタペストリーに隠された目を探すことなどできない。

けれど顔をあげて再びタペストリーを見た瞬間、柚香は思わず息を呑《の》んだ。

さっきまで微塵も存在を感じさせなかった複数の目が鮮やかに浮き上がっていたのだ。

葡萄の房に一つ、葉の影に一つ、蔓の絡まり合った部分に二つ。それから……

「歩いて行って、どこにあるか示してくれないか」

店主の声に、柚香はすうっと引き寄せられるように夕ペストリーに近づいた。

「ここに、青い瞳が一つ。まっすぐにこちらを見ています。それから、ここにあるのは褐色の瞳で斜め上の小鳥を睨《にら》むように見ています」

柚香は一つ一つを示しながらスラスラと続けた。

「ここの目は半分閉じていて、それとこっちの目は涙を流しています」

「ほう……」

柚香が言葉を切ると、店主は肩をすくめた。

「これは、思ったよりも掘り出し物だったな。涙を流している目を見つけ出すまで、私はかなり手間取ったものだが」

テストは終わりだと告げられて、柚香は緑色の眼鏡を外した。

自分の眼鏡に取り替えて夕ペストリーを見ても、もう目は一つも見つけられなかった。

店主は緑色の眼鏡を丁寧に布で拭《ぬぐ》うと、元の引き出しに収めた。他にも沢山の眼鏡が整然と並べられているのが見て取れた。

「紅茶を入れよう。その間に君は今日の物語を探し出したまえ」

店主は店の一角を示した。そこに置いてあるのは、祖母の家で見たことがあるような紫檀《したん》製の丸テーブルだった。艶々《つやつや》とした卓上には無造作に骨董品が並べられている。値札もついていなかった。

「そのテーブルに置いてある品が、まだ物語の不明な物だ。手始めに、そこから一つ選んでみてくれ。ああ、言っておくが、ズルはなしだ。君の作った物語などに興味はないからな」

「そんなことしません」

柚香はむっとして答えた。店主の言うように、自分が骨董品から物語を読み取れるかはわからないけれど、もしできなかったら勝手に自分で話を作ってしまおうなんて、そんなことは思わない。

それなのに、店主は意地悪く続けた。

「お嬢さんが可愛らしいノートにせっせと書き溜めているような夢物語に、なんの価値もない」

鞄に入れてある仲間の原稿や、自分の書きかけの物語のノートを見透かされたようで、居心地悪さに柚香は身じろぎをした。母も同じように言うのだ。柚香みたいな子どもが書いたお話に、どんな価値があるのかと。

「私が君に目をつけたのは、他の人間に比べて少しばかり良い目を持っているからだ。余計なことはするな」

冷ややかな口調で言い渡し、店主は奥へと消えた。水を流す音、食器の触れ合う微かな音。

それを背に聞きながら、柚香はテーブルに向き直った。深呼吸してから、一つ一つの骨董品をじっくり見ていく。

私の耳に物語が聞こえるか？　瞳に隠された真実を映すことはできるのか？

柚香は試されていると思った。眼球堂の店主ではなく、もっと大きな相手から。


「どんな具合かな？」

どれ程の時間がたったのか、いつの間にか戻ってきた店主の手には二つのカップが載せられた銀の盆があった。柚香はほっと息を吐き出した。いつの間にか全身に力が入っていた。

「手に取っても良いですか？」

「ああ、かまわない」

柚香はテーブルの奥にあった一つの人形に手を伸ばした。声が聞こえたような気がしたのだ。私を見て、と。

それは柚香の掌《てのひら》くらいの大きさの、少女の姿をした人形だった。磁器で作られた顔や手足は色あせて少しだけヒビが入っている。骨董品として値打ちのある品と言うには、人形の顔だちも衣装も平凡だった。ただの古びた小さな人形。

柚香を惹《ひ》きつけたのは、人形の瞳かもしれない。柚香の爪の先ほどしかない小さな両の目は、赤く輝いている。どんな材質を使ってあるのか、赤い瞳はキラキラと光を弾いて炎のように揺らめき、一時も同じ赤に留まることがない。まるで赤い万華鏡だ。

じっと見つめていると、吸い込まれそうになる。

ふいに、柚香の目前に、見たことのない光景が広がった。赤い砂の大地だ。橙色《だいだい》をした太陽が地平線に沈みかけている。

「それは、かつてとある外交官の持ち物だった」

店主が言った。

「彼は二度と故郷に戻らぬつもりで、この地にやって来た。彼が唯一、故郷を偲《しの》ぶ為に持って来たのがその人形だ」

「子どもの為に？」

「生涯、独り者だったな。私は幾度か彼と語らうことがあって、遺品の整理を任された。遺品と言っても大量の書物とレコード、古い人形くらいだった。書物とレコードは早いうちに、それを持つに相応《ふさわ》しい者の手に渡ったが、その人形だけは未だ巡りあえていない」

柚香は店主に向き直った。深く息を吸って気持ちを鎮め、さっき見えた光景を引き寄せようとする。

「この人形が抱く物語を」

「聞かせてもらおうか」

店主は壁際にある応接セットに柚香を誘った。銀の盆をテーブルに置いた店主は柚香にソファを示し、自分も向かいに座る。彼の眼差《まなざ》しは柚香を試し、観察するようであったが、純粋に物語を待ち構えているようにも見えた。

人形を膝《ひざ》に置いて、柚香は一つ大きく息を整えた。絹糸で作られた髪を指先で辿《たど》りながら、柚香は静かに語り始めた。

＊＊＊＊＊＊

身を切るほどに冷たい風が乾いた砂を巻き上げる。赤い砂はサラサラと、霧のように目の前を流れて行った。夜明け前の砂漠をうろつくような物好きは他にいないから、誰に邪魔されることなく一人の時間を持つことができる。

愛用のバイクにまたがったまま、イアンは眼下に広がる世界を見渡した。

風と砂の作用で成長を続ける砂丘が老いの時を迎えると、風の吹きつけぬ側の斜面だけが崩れ落ちることがある。ほぼ垂直に削り落とされた砂丘は最早《もはや》「崖」と言ってもいい。それと気づかず命も落とす者も少なくないのだ。

けれどイアンは、この場所がどうしようもなく好きだった。この星に、ここより高い場所はない。人工の建造物は強風の影響を避ける為、可能な限り地表への露出を避け地下へ地下へと延びて行くのが常だ。人工灯も空調も完璧で、朝も昼も夜も規則正しく巡っては来るけれど、息が詰まる。

だからイアンは時おり、こうして砂漠を訪れる。星空や沈む陽を見ることもあるが、一番好きなのは夜明けの光景だった。地平線から放たれる光が、暗い砂の世界を一瞬にして鮮やかな赤に染め上げる。すっかり陽がのぼってしまうと幻想的な光景は消え失せて、うんざりするような砂の世界が広がるだけなのに。

その時、視界に異物を捉えた。砂の世界を動く小さな白い点。イアンは微かに目を細めた。

「……人？」

動いているのは小さな人影だった。全身をすっぽり覆うベールのせいでシルエットもはっきりしないが、若い女性か子どものようだった。これだけ離れてしまうと、常人の視力をはるかに超えるイアンの目をもってしても顔だちまでは見てとれない。

こんな時間に一人きり砂漠を移動しているとは尋常ではない。迷子か、あるいは逃亡者か。近寄って事情を聞くべきだろうか。

イアンが迷った時にアラームが鳴った。寮に戻って出勤の準備をせねばならない。今日もまた退屈で、変わり映えのしない一日が始まるのだ。

バイクを走らせる前にイアンはもう一度だけ謎《なぞ》の人影を捉え、瞳に記録した。イアンが忘れてしまっても、瞳に残されたデータが失われることはない。

夜明けの砂漠で出会った人影は、いつまでもイアンの頭に残っていた。寮に戻って防塵服《ぼうじん》に着替え、工場に向かう間も、定められたラインに並び、ベルの音で作業を開始してからも、ずっとだ。

それは珍しいことだった。日々の出来事はいつだって、イアンの前を流れ過ぎて行くだけなのに。どうして、ちっぽけな人影一つが心を乱すのだろう。

ぼんやりと手を動かしてコンベアで流れてくる製品「義眼」に研磨をかけながら、イアンは周囲を見回した。同じ白い防塵服に身を包んだ工員たちが黙々と手を動かしている。機械のように正確で無個性な同僚たち。

防塵服からのぞいているのは目の周りだけで、そこから見てとれる瞳はみな同じ茶色だった。工員たちは最終チェックで弾かれたB級品を格安で購入することができるからだ。工場製の義眼は消耗品、もって半年だから安く手に入るにこしたことはないと、寮で同室のマイクはありがたがっている。

イアンは、自身の工場で作っている義眼を嵌めたことはない。彼の目を見た者は大抵意外そうに言う。

「今どきオリジナルの目なんて、珍しいな」


強い宇宙放射線に晒《さら》されるこの星では、生まれたままの体で生涯を終える者は稀《まれ》だ。地球から移り住んだ第一世代は過酷な環境に長く生きることができず、第二世代、第三世代と少しずつ適応力を身につけてきたとは言え、外気に晒される皮膚や瞳がオリジナルのままでは強いダメージを受ける。

通常ならば幼少期に行われる皮膚硬化手術や、眼球摘出と義眼台設置手術を受けない者は、特別な信仰を持っていると認識されるほど珍しい存在だった。とりわけ、取り外しが自在でその日の気分に合わせて付け替えることができる義眼を使わないともなると。

イアンは曖昧《あいまい》に笑って、彼らの質問を誤魔化すのが常だ。

実際のところ、イアンの目は生まれながらの物ではなかった。両目とも義眼なのだ。だが、その事実を告げると、あまりに精巧な出来ばえに疑惑の目を向けられる危険性があるから、沈黙を守っている。

今この星に、イアンの物より優れた義眼を持つ者はいないだろう。天才義眼士と呼ばれた祖父の最高傑作だ。

イアンの祖父は「原種」、地球人とのみ交配を続けてきた特権階級の一員でありながら、義眼職人を目指した一族の変わり種だった。だが彼には才能があり、美的センスもあった。それを形にする財力と人脈もまた。

祖父の義眼は、視神経と繋《つな》いだ「見る」という従来の機能だけでなく、瞳に映した画像を処理し保存することにも優れた画期的な物だった。彼の義眼があれば記録媒体は不要とすら言われたものだ。膨大なデータを全て、見るだけで取り込むことが可能なのだから。

祖父はまた、義眼に美しさを求めた。彼の義眼は優れた可動性を持つだけでなく、涙に潤《うる》み光に反応もした。

それだけに祖父の義眼は高価な物で、片目だけでも家一軒の値段はした。両目とも揃えようとすれば、庶民が一生働いても返しきれぬほどのローンを背負うことになる。

イアンの目は物心つかぬほど幼い頃に祖父が入れた物だった。今まで、祖父の義眼だと気づかれたことはない。一つには、祖父の義眼が稀少で、本物を目にすることができる者が限られているためだ。そして、より大きなもう一つの理由は、祖父がその存在を抹殺されたからだ。

イアンが十二歳だった夏。突然家に押し入ってきた憲兵が祖父を連れ去った。国家反逆罪で死罪を申し渡され、刑は即日執行された。未成年だったイアンは児童保護施設に送られたが、両親は強制キャンプに収容され、それきり消息は途絶えた。

十八歳で児童保護施設を出ることになっても、罪人の身内であるイアンにまともな職業に就くあてはなかった。ただ幼い頃みっちり教育を受けたことが幸いして読み書きができたし、祖父譲りの手先の器用さもあったから、人手不足で困っている義眼工場に潜《もぐ》りこむことができたのだ。それから四年がたつが、日々は概《おおむ》ね平穏に過ぎている。

保護施設に送られてしばらくは、祖父の死の真相を知ろうとか、彼の名誉を回復しようと思うこともあった。

知りたいと願った真相は、人々の噂話《うわさばなし》という形で、案外あっさりとイアンの耳に入った。祖父は陥《おとし》いれられたのだ。何らかの理由で上客であった有力者を怒らせ、罪人にさせられた。それは公然の秘密という奴で、その上客とやらは今もどこかで平然と暮らしているのだろう。

二十二歳になったイアンは、朝の八時から夕方六時まで、昼休みの一時間以外ずっとベルトコンベアの前に立ち、流れてくる義眼を相手にする。給与は多くないが、三食込みの寮費は格安だし、他に金を使う道もない。休みの日は大抵、寮に誰かが置いて行った古いバイクで赤い砂漠を見に行く。町をぶらつくこともあるが、買うものと言えば古本くらいだ。

イアンは、人生に期待することを十二の夏にやめたのだ。

時おり、彼の目を見てオリジナルだと珍しがる人間に会うたびに、ひそかに胸がすくような気もするが、それもまた苦さに変わる。

「オーナーの視察？」

食べ終えたランチのトレイを返却口に押しやりながら、イアンは首を傾《かし》げた。ここに勤めて四年になるが、そんなことは初めてだった。

「ああ。今日の午後。それで担当が変わったらしいぜ。良いとこ見せようとして」

イアンが配置換えを命じられたのは、午前中の作業に取り掛かる寸前だった。本来なら勤続十年以上の熟練工だけが担当するラインで、そこでは特別なレンズを使った特別な義眼を作っていた。

特別製のレンズを取り扱う作業は神経を使う細かなものだが、イアンは苦もなくこなした。手先の器用さもさることながら、彼の眼球が周囲の人の物より優れているからだ。

彼の目はマイクロ単位までを正確に測り、記録し、補正する。眼球の能力をフルに使えば、他の工員のようにルーペに頼り狭い視野で作業する必要は無くなるのだ。目の秘密を知られぬよう、ルーペを使うふりをすることは忘れないが。

ランチタイムを終えたイアンの班が前班の作業をスムーズに引き継ぐと、監察官は満足そうにうなずいた。彼もオーナー視察は当然知らされており、落ち着きがない。

白い防塵服の工員がひしめき合っている空間に、ダークスーツを着た一団がやって来たのは、それからすぐのことだった。びりびりと緊張感が走り、誰もが目の前の作業に集中するが、イアンにはその一団にチラチラと視線を向ける余裕があった。

彼の眼球は右目と左目で別の映像を捉えるどころか、一つの目で視野を完全に二つに分けることもできるのだ。左目ではコンベアを流れる義眼を追い、右目で視察団を観察することなど造作もない。

案内に駆け寄る監察官を迎える工場長の顔は知っている。後、二人の男はでっぷりと腹の出た初老の男と、その秘書ぜんとした若い男だ。どちらも初めて見る顔の筈だった。だが……イアンはひゅっと息を呑んだ。

あの男だ。

初老の男には見覚えがあったのだ。あれは、祖父を陥れた男だ。あの顔を、あの目を見間違う筈がない。

「おい！」

左隣の男に潜めた鋭い声で警告され、イアンは慌てて手もとに意識を戻した。ギリギリの所で作業を終え、義眼をコンベアに戻す。オーナー視察の最中に、コンベアを止めてしまうような失態を犯せば、全員が連帯責任で条件が劣悪な他工場に回されるところだった。

「すまない」

短く詫びて、イアンはその後、作業に集中した。緊張しているのかいつになく甲高い声で説明する監察官の声が背後を通り過ぎていく。

「納期に問題なく、作業は進んでおります。ここは最も難しい工程で熟練工が作業に当たっております」

「ここは、マーシアンの目を作っているのだな」

ガラガラとしわがれた男の声に聞き覚えがあった。祖父が連れ去られた前日、工房を訪れた客のものだ。何か行き違いがあったのか、祖父も客も興奮し声高に話していたから良く覚えている。

「最高級のカレイドスコープアイを」


この星に生きる者たちは三つの階層に分かれている。八割近くを占めるのはイアンを含む「市民」と呼ばれる者たちだ。開拓者としてやって来た地球人の子孫であり、その多くはこの星の者たちと婚姻を重ねてきた。

極一部《ごく》、頑なに地球人であることに拘《こだわ》る者たちは「原種」と名乗り、地球とのパイプラインを独占することで特権階級を築いた。

そして残る二割が生粋のマーシアンだ。彼らとイアンの外見上にほとんど違いはない。その遺伝子は限りなく近いのだ。有史以前に二つの星に分かれることになったというのが、もっぱらの学説だ。

ただ一つだけ明らかな差異がある。それが彼らの瞳だった。マーシアンの瞳は赤い。内から光を放ち、万華鏡のようにクルクルと濃淡を変え、ひと時も同じ赤にはとどまらない。それは彼らのオリジナルであり、強《し》いられた物でもあった。

本来、マーシアンは感覚機能のうち視覚に頼ることはなかった。その他の感覚機能が鋭く、また地球人には理解できない超感覚を持つことで、視覚で外界を認識する必要がなかったからだ。

支配者たちはマーシアンにカレイドスコープアイの装着を義務付けた。赤以外の色を選ぶことは、彼らには許されていない。単なる識別の為でなく、もっと大きな理由があった。彼らの目には、制限がかけられているのだ。例えば魅力的な異性、贅沢な食事、美しいドレスといった、欲望を抱かせるような物を見ることができないし、赤以外の色彩も奪われている。イアンが今も義眼に嵌め込んでいるレンズには特殊なフィルターが貼られていて、そこに条件付けがされている。

フィルターの制約は随時変更があった。町のある地区で問題を起こしたマーシアンがいれば、彼もしくは彼女の欲望を刺激した物に対して制限がかけられる。一方で彼らが従事する任務によっては、見えなくてはならない物もあるから、フィルタリングが解除される例もある。

受注書をもとに最適なフィルターを選び最適なレンズを手配するのは工場長の仕事だった。この星の先住者であり今なお人口の二割を占めるマーシアンを、表立って差別する者はいないし、法令上もほぼ同等の権利が与えられている。植民惑星の先住者が被支配階級となり、奴隷のように扱われるのは数百年も前の話だ。

彼らはただ、真実を見ることを奪われているだけだ。


終業時間となりイアンが手を止めた時、既に視察団一行は姿を消していた。寮への道を歩きながら、イアンは何気なく瞼に触れた。

あの男は、祖父の義眼をしていた。

どんな齟齬《そご》があったか、祖父を死に追いやり、イアンや両親の人生を滅茶苦茶にしておきながら、あの男は結局は祖父の義眼を使っているのだ。作り手の存在を消し去っておきながら。そのことが、イアンには許せなかった。

今さらあの男を告発することは無意味だろう。それでも許すことはできない。復讐を、イアンは決意した。その為の手段は、イアンの前に用意されていた。

その夜、寮の部屋のベッドの上でまんじりともせず、イアンは計画を練った。彼が目をつけたのはマーシアンの為のカレイドスコープアイだった。

あの義眼からフィルターを取り外してはどうだろう。マーシアンたちは、これまでとは違った世界を見て、知識を身につけ、主に反抗するようになるに違いない。

当然、不良品を出荷した工場にはクレームが寄せられるだろうし、事態はもっと大きくなることも有り得る。飼いならされたマーシアンたちが欲望を持ち、自我を取り戻し、自治や権利を主張し始めれば、革命が起きるかもしれない。

この退屈な日々に嵐が吹き荒れるのだ。


イアンは工場長に担当ラインを変えてくれるよう申し出た。

「もっと稼ぎたいから」

ベテラン工員が担当するそのラインの工賃は、わずかとは言えその他のラインより高めに設定されていたから、無難な言い訳だった。

「珍しいな。昨年の査定時には、工賃は安くなってもなるたけ楽なラインを担当したいと言っていたお前が」

工場長は鼻を鳴らした。

「まあ、お前の仕事ぶりに不満はない。ちょうど外そうと思っている奴がいるから、代わりに入れ。もとのラインでお前が急に抜けるのも痛いから、まずは週に二度ほどだ」

翌日からイアンは正式にカレイドスコープアイのラインにつくことになった。

ベルトコンベアに流れてくる無数の義眼の中で、仲間の目を盗んで細工できる義眼など、たかが知れている。怪しまれないように、確実にタイミングを見計らってやるならば、せいぜい一日の作業中で一つか二つだった。

それでもイアンはワクワクとしながら、細工を続けた。一つ、また一つと、イアンがフィルターを抜き取った義眼が市場に流れていくのだ。それを嵌めたマーシアンたちも少しずつ増えていく。

そうして半月が過ぎたが、工場にクレームが寄せられることはなく、マーシアンたちに目立った変化があると耳にすることもなく、イアンは首を傾げた。

「あ、ごめんなさい」

涼やかな声に、ぼんやりとしていたイアンは目をしばたたいた。義眼屋のショーケースを見るともなしに見ていたイアンに、隣にいた少女のバッグがぶつかったのだ。

「……いや、大丈夫」

イアンは動揺を押し隠した。初めて会う少女だが、彼女を見たことがある。夜明けの砂漠の少女だ。イアンの瞳に残されたデータがそう教えてくれるのだ。
十五、六歳の黒髪の少女は、綺麗な濃紺の瞳をしていた。この冬の流行色だ。
「あなたも新しい義眼を探しているの？」

少女は、イアンと並んでショーケースを覗《のぞ》き込みながら、人懐っこく聞いてきた。

「ああ、まだ少しお金が足りないから、見ているだけだけど」

イアンは適当に答えた。薄く色の入った眼鏡をかけているから、イアンの眼球は少女に晒されていない。質の良くない義眼の中には感度調整が悪い物もあってサングラスをかける者は珍しくないから、少女も怪しみはしなかった。

「私も欲しい目があって、お小遣いを貯めているの」

ミナミと名乗った少女は、ショーケースの中の一つの義眼を指差した。赤と朱色を混ぜたような色合いだった。赤の範疇《はんちゅう》にくくられるが、マーシアンの目のようにギラギラとした激しさはなく、沙漠に沈む夕日を思わせる美しい色だ。

「ね、綺麗でしょ」

「そうだね」

「お兄さんは、何している人？　名前教えて？」

「俺はイアン。義眼を作ってる。こんな立派な職人の作る奴じゃない。工場生産の安物だけど」

　無意識に卑屈な言い方になった。でもミナミは瞳をキラキラさせて両手を叩いた。

「凄ーい。沢山の人が、イアンが作った目を使っているってことでしょ。工場産の義眼は確かに一点ものほど質が良くないけど、誰でも買えるもの。高い義眼だと見え方が悪くなってもなかなか取り替えられなくて不自由だけど、工場産は、ぱぱっと取り替えていつも新しい感じで使えるし」

　そんな風に考えたことはなかった。ミナミは楽しそうに続けた。

「女の子はみんな、ファッションに合わせて瞳の色を変えてお洒落《しゃれ》するのよ」

「そんなことするのは、金持ちのばあさんだけだと思ってた」

「イアン、考え方が古すぎ。それは、義眼が滅茶苦茶高かった時代の話でしょ」

「ふーん」

　自分が作っている義眼は安さだけが取り得の、つまらない物だと思っていた。確かに祖父が作っていた芸術的品に比べれば、そうだろう。それでも、必要とされている物なのだ。

それから少し話をしてからミナミと別れた。イアンは、ずいぶん久しぶりに祖父の言葉を思い出した。まだ子どもだったイアンが、大人たちに交じって手伝いをしていた時のことだ。

「お前は頭も心も使わずに、手だけで仕事をしているね。それでは機械や、ラインに並ぶ作業員に過ぎない」

イアンは唇を尖《とが》らせた。祖父は別格として、同じ工房で作業をしている他の大人たちより、素早く正確に仕事をこなしている自信があった。だが祖父は言った。

「経験を積み、手と頭を使うようになったら、お前も職人になれるだろう。芸術家になりたかったら、それに加えて心を使うことを知りなさい」

イアンは手を握り締めた。工場で働きだして四年になるが、自分は一度として職人でも芸術家でもなかった。ベルトコンベアで流れる義眼の一つ一つが、誰かの目となり人生の一部となることを、本気で考えたことがあっただろうか。

ミナミと出会って、イアンの単調な日々に変化が生まれた。これまでより少しだけ、丁寧な気持ちでイアンは義眼を扱った。どんな人間がこの目を使うか時おり考えてみる。この星に義眼工場は幾つかあるが、イアンが働いている工場ほど規模が大きい物はない。町で行きかう誰かが、イアンの作り出した義眼を嵌めているのだ。

別の星へ、もしかしたら地球にまで届くことがあるかもしれない。

週に二度、月曜日と火曜日には、イアンはマーシアン向けのカレイドスコープアイの生産ラインに立ち、そこでは密《ひそ》やかに義眼を細工し続けた。

そして日曜日にはミナミと会った。映画を見たり喫茶店でお茶を飲んだりウインドウショッピングをしたり、他愛もない金もほとんど使わないデートだったけれど、それでもイアンは楽しかった。古いバイクの後ろにミナミを乗せて、これまで誰にも教えたことがない砂丘から夕陽を見たこともある。

ミナミは義眼に興味を持っていて、イアンに工場での色々な話をせがんだ。寮は外部の人間は原則立ち入り禁止だったが、同室のマイクに手を合わせて外で時間をつぶしてもらい、ミナミを招き入れたこともある。

ミナミの仕事や家族のことは知らないが、いつもきちんとした格好をしていて言葉もきれいな彼女は、良い家の育ちなのだろう。明るい笑顔やはっきりしたもの言いを見れば、きっと愛されて育ったのだ。

国家反逆罪で処刑された祖父を持つイアンに手が届く少女ではない。ミナミに対して欲望を抱く瞬間もあったが、イアンは想いを封じ込めた。望むことをやめた自分なのに、それでもと思ってしまう。

散々考えた末、イアンはミナミに義眼を贈ることにした。

「お前、本当に器用だな」

イアンの手もとを覗きこんだマイクが唸《うな》った。

「その程度の道具で義眼修理だけじゃなく一から作っちまうとはな」

「一からは流石に無理さ。でも土台があるからね。機能的な部分は手を加える必要がない。表面の色あいの調整だけさ」

土台になるのは工場で払い下げられるB級品だが、手に入る限りの材料を使って、イアンは瞳を美しく仕上げた。ミナミが欲しがっていた緋色《ひいろ》の瞳だ。

「お小遣いはもう少しで貯まるけれど、お母様が買ってはいけないと言うの」

ミナミが桜色の唇を尖らせて言ったからだ。

「この冬はもう二つも新しい義眼を買ったでしょうって。緋色は持っていないのに」

恵まれた少女の我侭《わがまま》かもしれない。けれどイアンは二人で赤い砂漠に立った時、夕陽を見つめたミナミが囁いた言葉が忘れられなかった。

「この星に流れた血の色ね。なんて悲しくて、綺麗な色かしら」

イアンは完成した義眼を心を込めて磨き上げた。後はきれいな箱に入れて渡すばかりだ。次の日曜日にミナミと会う約束をしていたから、その時渡すつもりだった。

夕食を取るために食堂に行くと、イアンはマイクに声をかけられた。

「彼女が来ているぞ」

「こんな時間に？」

今までミナミと会うのは日曜日の昼間だけだったし、外は雨だ。

「わけありっぽいぞ。こっそり出てきて欲しいってさ」

イアンは目立たぬように食堂を抜け出して、マイクに告げられた工場の裏手へ急いだ。

そこにミナミが待っていた。目立たない灰色のコートを羽織り、背後を気にするように落ち着きがない様子だった。何より左腕をかばっているのが気になった。

「怪我をしているのか？」

「ちょっと折られただけ」

「折られただけって……ともかく手当てを」

「お別れを言いにきたの」

ミナミは、潜めた鋭い声でイアンを制した。

「どういうこと？」

「あなたに隠していたことがある」

ミナミは、すっと右目に触れた。

「その目……」

濃紺だった筈のミナミの瞳は赤く輝いていた。不穏なほどに美しいその瞳はマーシアンだけが持つカレイドスコープアイだ。夜明けの砂漠に立つ白いベール姿が今、鮮やかにイアンの瞳に蘇った。

「気づかなかった？　着色レンズを入れていたの」

ミナミは指先に乗せた物をイアンに突きつけた。環状着色角膜レンズだ。

極薄く角膜を覆う着色レンズでカレイドスコープアイを隠せば、確かにマーシアンは人間と見分けがつかない。ただ、それは極端に思考を制限されたマーシアンが思いつくことではない。

そこでイアンは一つの可能性に思い当たった。

「まさか、君は……」

「定期メンテナンスで眼球を取り替えた後、世界が変わったわ」

ミナミは囁くように続けた。

「これまで見ることがなかった物が見えた。それはたぶん、私たちが見てはならないものだったのね」

イアンはミナミの左腕に触れた。無残に折られたその腕。

彼女は逃げてきたと言う。イアンがのん気に考えていたような、裕福な家庭、口うるさくも愛情あふれた両親の元からではない。

「俺が、君の運命を狂わせた」

イアンは言葉を搾り出した。中途半端に、ほんのわずかに市場へ流したフィルターを外したカレイドスコープアイ。現実を見る目を持ったマーシアンは少なすぎるのだ。彼らは仲間と巡りあうことも困難で、バラバラに闘うことになる。

「君たちの運命を狂わせた」

ミナミは首を振った。

「あなたのおかげで、空が青いことを私は知った。本物の赤い砂漠も、そこに沈む陽の美しさも」

色彩を得た。だから赤い目も欲しくなったのだと続け、それからミナミは背伸びをし、イアンの頬《ほほ》に口づけた。

「心配しないで。ほんの少しだけど仲間がいるの。私はそこに行って、仲間の義眼からフィルターを外していく」

「……だから、俺に近づいた？」

義眼の装着や取り外しは難しくないが、義眼その物を解体しレンズに細工をした上で元に戻すには、それなりの知識が必要だ。ミナミは、それをイアンから得ようとしたのだ。その為に親しくした、あるいは出会いからして仕組まれていたのかもしれない。

不思議と清々《すがすが》しい気持ちになってイアンは笑った。

「素晴らしい手並みだったよ」

ミナミの為に作った瞳が行き先をなくしてしまったことは、残念だけど。

「そう遠くない未来に、私たちは蜂起《ほうき》する。油断しきった地球人に勝ち目はないわ」

だから逃げて。低くそう告げて、ミナミはイアンの傍《かたわ》らをすり抜けた。

雨音の中、小さな足音がすっかり消えてなくなるまで、イアンは立ち尽くしていた。

勝ち目がないのは、ミナミたち、目覚めてしまったマーシアンたちだ。おそらくはほんの数分ニュースで取りあげられるだけのちっぽけな叛乱《はんらん》で、全ては終わってしまうだろう。

この星の日常は、何も変わらない。

一部のマーシアンの蜂起が細工されたカレイドスコープアイによるものであることに、憲兵は気づくだろうか。この工場まで、イアンの元まで、捜査の手は及ぶだろうか。

「望むところだ」

見ることにどれだけの力があるか、思い知ればいい。

イアンは、静かにきびすを返した。あのラインに立って義眼を作り続けることが、自分の仕事だ。たとえ明日、破滅の足音が近づくとしても。

＊＊＊＊＊＊

「マーシアンって……聞いたことあります」

人形をテーブルに置いて、柚香はつぶやいた。

「火星人という意味だ、一般的には」

「火星人？　でも火星は、人間が住める場所じゃないですよね？」

大気も重力もあるが、人の生存できる値ではないと聞く。そもそも、生命の存在すら確認されていないではないか。

「それが物語というものだ」

眼球堂の店主は静かに答えた。

柚香が赤い瞳を持つ人形から引き出した物は、未来に位置する本物の火星の出来事ではないということだ。

「どうやら君には、本当に物語を読み取る力があるようだ」

店主の裁定を柚香は冷静に受け止めた。

自分が勝手に作り出した物語でないことは、柚香自身が一番よくわかっている。物語は確かにそこにあったのだ。

「だがイアンとミナミの物語は、そこで終わりではない」

「え……」

店主の手が小さな人形を取り上げた。その口もとには薄い笑みがあった。

「私は、この人形を持ち主から託されたと言っただろう？　人形のかつての持ち主は、すなわち君が語った物語の主人公だ」

「それじゃあ、知っていたんですか？」

眼球堂の店主は人形にまつわる物語を既に知っていた。知っていて、柚香の出方を見ていたのだ。

「このテーブルの品物みんな、物語がわからないっていうのは嘘《うそ》だったんですか？　私が作り話をすると思っていて、そんなことを」

柚香をからかっていたというなら許せない。

けれど店主は首を振った。

「私が知り得たのは、公表されている限りでの彼の経歴だ。それは情報であり、物語ではない」

「……革命は起こったんですか？」

店主は手にした人形から柚香に視線を移した。何かを探るようなわずかな沈黙の後に彼は言った。

「ミナミたちの蜂起は失敗した」

柚香は息を呑んだ。

「マーシアンを含めた多くの者は、全てが見え自分の意思で決める世界より、与えられた物だけを見て誰かに行動を決めてもらう世界こそを選んだということだ。ミナミが捕らえられ処刑されたことはメディアで報じられることもなく、その日もイアンは何も知らず工場で義眼を作っていた。彼が真相を知ったのは、数ヶ月が過ぎ、全てが終わってしまってからだ」

眼球堂の店主の声は静まり返った部屋に響いた。

ごく小規模で抑え込まれたとはいえマーシアンの叛乱に神経を尖らせた者たちは調査に乗り出し、義眼の不調が原因であると突き止めた。だが意図的なフィルター改造は技術的に不可能であるとの証言があり、それは単なる不良品と見做《みな》された。

義眼工場のオーナーが逮捕されることはなかったものの、ブランドには決定的な傷がついた。オーナーは社会的な責任を追及され、工場は閉鎖された。ある意味でイアンの望みの通りに、ことは運んだのだ。いや、望む以上に。

工場を失ったオーナーは出資者たちからも見限られた。その強引なやり方に敵も多かったのだ。過去の悪事が次々と暴かれ、その過程でイアンの祖父と両親の名誉は回復された。イアンもまた奪われていた「原種」としての特権を取り戻したのだ。

イアンは工場を去り、外交官であった父の後を継いだ。ミナミの死を知った日から彼は、義眼を作ることができなくなっていた。最難関と言われる外交官試験をパスしたイアンは、辛い思い出から逃れるように火星を去った。そこでの生活の全てを捨てるかのようにイアンは、ほぼ身一つで星を旅立った。ただ星間連絡船のターミナルで火星土産《みやげ》に売られていた赤い瞳の人形だけを手にして。

「イアンはついに火星に戻ることはなかった。若くして心を病み、衰弱して孤独の中で死んだ。彼が星での出来事を語る相手は、この人形だった。土産物屋で売られる量産品の人形だけが、彼の物語の全てを知っている。君には、聞こえなかったか？」

柚香は、赤い瞳をした小さな人形に目をやった。ミナミの死や、イアンが辿《たど》った孤独な人生。それを知った上で、語らなかったわけではない。ただ、知ろうとしなかったのは事実だ。

二人が別れた後で悲劇が訪れると、心のどこかで警告する声がして、柚香は逃げたのだ。

もっと踏み込んでいたら知り得た物語に、手を伸ばすことをしなかった。

「優しさがブレーキをかけたようだ」

店主は低く笑った。柚香を責めるようではなかったが、告げられた言葉は小さな棘《とげ》となって胸に痛みを残した。

二章　左の目の悪霊

あれは何だったのだろう。

制服のタイをほどきながら柚香がぼんやり思い返すのは、眼球堂で自分が語った物語だ。古い人形に呼ばれたような気がして、手に取った時にはもう、物語は頭の中にあった。考えたのではなく、ただ景色を見るかのように、当たり前の顔をして、物語はそこにあったのだ。自分はただ、それを語っただけ。

柚香は鞄からルーズリーフを取り出した。忘れないうちに、あの物語を書きとめておこうと思ったのだ。幸い、寛子は買い物に出ているから、机に向かって書き物をしていても咎《とが》める人はいない。

パソコンに打ち込むよりも、なぜだかその方がふさわしい気がして、柚香は水性ペンをノートに走らせた。するすると、言葉は途切れることがない。かと言って手が追いつかないほど先走ることもなかった。うっとりするほどの幸福感が柚香を包んだ。

文章を書いていると時々、マラソンに似ていると思うことがある。長い道のりを、黙々と一人で走る。チームスポーツと違って、苦しみを分かち合う仲間もいない、ライバルはいるとしても目を合わせ闘志を燃やしあうこともなく、ただ一人きりでゴールを目指すのだ。登山ならば、道半ばでちょっと休憩して、景色を楽しむこともあるだろうが、マラソンにはそれもない。ただ自分の苦しい呼吸だけを聞きながら、いつ見えてくるかわからないゴールを目指して走り続けるのだ。

けれど、長く走り続けているうちに、気分が高揚してくることがある。ランナーズハイと呼ばれるその現象は、エンドルフィンの分泌によるという説がある。脳内麻薬。書いている時もきっと、それが分泌《ぶんぴつ》されるのだ。

柚香はパタンとペンを置いて、ため息をついた。時計に目を向けると一時間以上過ぎている。

「柚香？　帰っているんでしょう」

寛子の声に、柚香は慌ててルーズリーフを裏返した。おざなりなノックと同時にドアが開く。柚香は眼鏡を外して、目薬に手を伸ばした。あんまり夢中になっていると瞬きの回数が減るらしく、目が少し乾いた感じがする。

「何？」

「柚香、ちょっと目が赤いんじゃない？　目が疲れるようなことしたんじゃないの？」

「違う。この目薬、ちょっと染みるの。いつもと同じ」

母の観察の鋭さに舌を巻きながらも、柚香はなんとか誤魔化した。

「そう？　ならいいけど。もうご飯よ」

「はい」

部屋を出る前に、柚香は机の上のルーズリーフに目をやった。細かな部分まで覚えているうちにと、手もとにあったルーズリーフに書きつけたけれど、もっと物語に相応しい、特別な感じがするノートに書けば良かった。

次に眼球堂に行ったら、素敵なノートを探してそこに清書しよう。柚香は自分の思いつきに満足して、幾度もうなずいた。


「明日は、クリニックの日じゃなかったわよね。私も早く上がれるから、駅で待ち合わせしましょうか？　あなた、新しい靴が欲しいと言っていたでしょう？」

向かい合わせに座って箸《はし》を動かしていた寛子の言葉に、柚香はギクリとした。

「明日は、ちょっとだけ部活に出ようと思っているんだけど」

「部活ですって？」

寛子が、はっきりと眉をひそめる。

「読んだり書いたりしていないでしょうね」

「してない、してない。合評会だから。一人が朗読して、他の人が色々感想を言うの」

「それならいいけど、くれぐれも目に悪そうなことは……」

「わかってる。でも部活に出ないわけにはいかないでしょ。私、部長なんだから。秋の文化祭が終わるまでは引退しないのが伝統だし」

「少しぐらいお休みしても良いじゃない。副部長さんだって、顧問の先生だっていらっしゃるでしょう」

寛子はまだグチグチ続けたが、柚香は半分聞き流した。話に出た合評会のことで頭を悩ませていたのだ。

前回の合評会は、かなり雰囲気が悪かった。合評会は月に一度、二名の作品を取り上げる。部員は六人だから、自分の番が回ってくるのは三ヶ月に一度だ。それでも、作品をきっちり仕上げてくる者が少なくて、意見交換にも熱が入らない。

このペースでは、文化祭で発行予定の部誌には間に合わない。

でも柚香は他の部員に厳しいことは言えなかった。ここ半年、短編の一つも発表していないのだ。文化祭までの間に、書き上げられるとも思えない。書きたい気持ちが生まれてこないからだ。

柚香の心を占めるのは、焦りと苛立ちと不安ばかりで、落ち着いて何かを考えることができない。ひらりと舞い降りかけた物語の欠片《かけら》はすぐに黒い感情に吹き飛ばされてしまう。感情が不安定だ。過剰に反応してしまう時と、全く動かない時がある。もう何も書けないかもしれない。

眼球堂で語っていた時のような、心の底から何かがわきあがってくるような気持ちは、もう二度と感じることができないかもしれない。

その時、柚香の心にふっと悪魔が囁いた。

赤い瞳を持つマーシアンの話を、合評会に出せば良いじゃないか。

あの話は、柚香が眼球堂で「拾った」物で、その事実を知る者は柚香自身と店主だけだ。学校の誰も、物語の作者が柚香でないことに気づきはしない。

眼球堂がある空間は現実のものではないから、店主が柚香の嘘を暴くことはできないのだ。それに、彼は言っていたではないか。自分には骨董品から物語を読み取ることはできないと。だったら、あの物語は柚香のオリジナルだと言い張ることだって可能だ。

「柚香？」

いぶかしげな声をかけられて、柚香は箸が止まったままだったことに気づいた。

「あ、なんでもない」

慌てて箸を動かしながら、深呼吸をする。馬鹿なことを考えてしまった。盗作なんて、絶対に許されない。

文芸部には特別な部室はなく、図書準備室を借りて活動している。学校司書が不在の日は施錠されている部屋の鍵を借りる為に、柚香は職員室に向かった。

顧問の橋田《はしだ》は何やら忙しそうにパソコンに向かっていた。

「部長さん、編集作業は進んでいるの？」

パソコンの画面から目を離さず、引き出しから手探りで鍵を取り出しながら橋田が聞いてきた。

「原稿の集まりが悪いと言っていたけれど、その後どうなったの？」

「半分くらいは……」

柚香は口ごもった。部員は六名だけで、一年生の二人は原稿用紙五枚が精一杯だと言うから、どうしても冊子としてのボリュームが足りない。過去の部誌から卒業生の作品を再録する他、橋田も短いエッセイを寄せて、なんとかページを埋める目処《めど》は立ったのだ。

だが肝心の、部員たちの原稿が遅れている。完成原稿をあげているのは二名だけで、二名が大幅に書き直し中、柚香ともう一人にいたっては作品を提出すらしていなかった。

「半分だけ？」

橋田が椅子を回して、柚香の顔を見た。

「月末には印刷所に頼まなければいけないのよ」

柚香の通う中学校では特に文科系の部活動に力を入れていて、秋の文化祭は外部からも多くの見学者が来るほどだった。学校から予算も下りるので、文化祭で発行する部誌は校内の複合機で作成するのではなく、卒業生が経営する印刷所に頼むことになっている。文化祭で販売するだけでなく、地元商店街から広告をとって店に置いてもらう、なかなか本格的な物なのだ。

「それまでに部活動は三回、四回？　印刷に出す前には私も目を通したいし、校正の時間も取らないとならないでしょう。今日か次回の部活で、まとめられる？」

畳み掛けるように聞かれて、柚香は目を伏せた。懸命に言葉を綴る。

「堂本《どうもと》さんと足立《あだち》さんは今日までに書き直してくることになっていて、今日は水沢《みずさわ》さんの作品を皆で読むので、それを次回までに直してもらえればと思っています。私は……現国の授業で書いた室生《むろう》犀星《さいせい》についてのレポートを載せようかと」

「あれは確かに良く書けていたけれど」

橋田は眉をひそめた。

「半年も前に書いたものじゃない。短すぎるし、そもそも部長のあなたが授業で書いたものを流用するというのはどうなのかしら？　部誌はあくまで部活動で書いたものを載せるべきでしょう」

柚香は思わず鞄を抱きしめていた。あの物語を書き起こしたルーズリーフが入っている。自分の文字で書かれた物語を幾度も眺めているうちに、だんだんとそれが自分の生み出した物語のような気持ちになってきたのは事実だ。でも、これは違う。

「今、他に書いた物がないんです。書けなくて……」

「部長さんがそんなことでは困るわ」

思い切ってそう口にしてみたが、返ってきたものは取り付くしまもない返事だった。

「初めて作品を書くことになる一年生だって頑張っているのだから。他の人が十枚書くなら二十枚、三十枚書く。今までの部長もそうやって、みんなを引っ張って来たのよ」

「……はい」

「あなたには期待しているのよ？　去年の作品、素晴らしかったもの。ね、頑張れば二、三十枚の作品なら、この週末で書けるでしょう？　月曜日に読ませてくれるわね。私が目を通すから、次回の部活には完成作を出しましょう」

無理です。柚香はそう言いたかったけれど、橋田はそれで話はついたとばかりに、柚香に鍵を手渡すと、パソコンに向き直ってしまった。

「じゃあ、頼んだわよ、部長さん」

国語の教師であるというだけで文芸部の顧問を押し付けられて、彼女も内心うんざりしているのだ。三年生の担任を持っているだけでなく学年の副主任もやっている橋田が多忙であることは柚香にもわかっている。

だから顧問とは名ばかりで部室に顔を出すことがなくても、仕方がないと思っていた。

でも、もう一人で頑張れそうもない。

「副部長さんだって、顧問の先生だっていらっしゃるでしょう」

寛子はそう言ったけれど、どちらも柚香を助けてはくれない。

気がつけば、図書準備室の鍵を握りしめた手が冷たい汗で濡れていた。頭がくらくらして、なんだか息が苦しい。このまま部活に出たら、きっとあの物語を皆に読ませてしまう。自分が書いた作品だと、そう平気な顔で言ってしまう。

「できません」

柚香は言った。引きつったような声に、さすがに橋田がキーボードを叩く手を止めた。

「どうしたの？」

橋田の言葉には答えず、柚香は図書準備室の鍵を机に置いた。

「すみません、今日は部活に出られません。用事を思い出したので」

「そんな急に……誰が鍵の管理をするの？」

「先生にお願いします」

それだけ言って背を向けると、橋田が尖った声をあげた。

「ちょっと、待ちなさい！　そんな無責任な……」

背後でヒステリックな声が何か叫んでいたが、柚香は鞄を抱えて職員室を飛び出した。廊下を走るうちに幾人かとぶつかって、咎める声があちこちであがったけれど、足を止めることはできなかった。

何かに追われるように階段を駆け下りて、柚香は上靴のまま校庭に走り出た。


銀鈴の音を響かせて扉を開けると、眼球堂の店主は眉をひそめた。だが、柚香の頭からつま先までじろりと見た彼の口から出た言葉は、非礼を咎めるものではなかった。

「生憎《あいにく》、この店には靴は置いていないのだが」

上靴とは言ってもスニーカータイプの物だから電車の中でも特に奇異の目を向けられることはなかったのに、彼の目は誤魔化せないようだった。

「いじめられて逃げてきたのか？」

店主の言葉に、柚香は黙って首を振った。帰宅したらシューズボックスから取り出した別の靴を玄関に置いて、今履いている上靴は部屋に隠せば、母に気づかれることはない。

「なんでもありません」

明日になったら何もなかったように平然と登校すれば良いのだ。大丈夫、困ったことなんか起こっていない。

図書準備室の前で戸惑っている部員の姿が胸に浮かんだが、柚香は無理矢理にそれをふり払った。

「今日は部活が休みになって時間があるから、もっと色々な品物を見たくて」

咄嗟《とっさ》に出た言葉だが、まるきり嘘というわけでもない。柚香は、この奇妙で不気味ですらある品々に溢れた骨董屋が好きになっていた。古い品が醸し出す落ち着いた空気は、柚香の気持ちをずいぶん楽にした。

「ノートを探しているんです。私で買える値段だったら」

「紙製品は、あちらの戸棚の引き出しにある筈だ。比較的新しい物が多いから、それほど値がはるものでもない」

店主は立ち上がった。

「気が済むまで見て回れば良い。私もちょうど休憩しようと思っていたところだ。君につきあって一服するとしよう」

それで柚香は、店主が茶を入れるため奥の部屋に行っている間に店を見て回ることにした。

最初に、紙製品を収めてあるという戸棚の引き出しを開けてみた。便箋や封筒、メッセージカード、絵葉書、栞《しおり》といった品々が、きちんと整理されている。ノートも数冊あったが、可愛らしすぎたり小さすぎたりで、柚香が欲しい物は見つからなかった。

「来週、新しい商品が入荷するよ」

柚香の気持ちを見透かすように、奥の部屋から店主の声がした。

言葉に出して禁じられたわけではないが、眼球コレクションが置いてあるという奥へは足を踏み入れてはならないという暗黙の了解があった。この不思議な空間で柚香が存在を許されているのは、店舗のこちら側だけなのだ。

でも店主には、柚香の様子が全て手に取るようにわかっているみたいだった。

「入荷予定の品には君の好きそうな文具もあったと思う」

「そうですか」

柚香は引き出しをしめて、改めて店を見回した。

背の高い家具は置いていないので、さほど広くない店内を見渡すことができるが、店はなんだか姿を変えていた。タペストリーがかけられている場所が変わっているし、照明のデザインも変わっている。どうかすると扉の形まで変わっているような気がするのだった。

柚香は、前面がガラス扉になっているキャビネットの前で足を止めた。それも以前に店を訪れた時とは少しばかり移動されたようだった。

「この人形は、この間の？」

先日、柚香が手に取った赤い瞳の人形がガラスの向こうに立っていた。新しい値札がついている。

「物語が明らかになったからな」

店主が答えた。柚香が物語を読み取ったから、人形は商品として陳列されたというわけだ。

それならばと、柚香は紫檀の丸テーブルに向かった。

そちらには、店主がまだ物語を知らない骨董品が集められているのだ。表紙に瞳の絵が描かれた革張りの豆本、入れ子になっている眼球模型、開いた目と閉じた目が幾何学模様のように刺繍《ししゅう》されたコースター。

一つ一つの品を手に取って眺めていくうちに、いつしか心は凪《な》いでいた。

柚香は耳を澄ませた。


「さあ、一服するとしようか」

店主の言葉に、柚香は一つの品を手にしたまま振り返った。

「何か良い物語は見つかったかい？」

柚香がテーブルから取りあげた物は拳《こぶし》大の石だった。驚くほどに軽い。赤みがかった紅茶色をした琥《こ》珀《はく》だ。

「この石は、なんでこの店にあるんですか？」

眼球堂は、その名が示す通りに眼球に特化した骨董屋だ。それなのに、柚香の手にある物は、眼球とは何の関係もないようなただの琥珀だった。光に透かして見ても、何かを封じ込めているようでもなかった。

眼球堂の店主は目を細めた。

「物語の詳細はわからずとも、その品が物語を秘めていることは感じられる。瞳にまつわる物語が眠っていることがね」

万華鏡の瞳を持つ悲しいマーシアンの物語が、量産品と思われる平凡な人形に宿っていたように、真実の物語は思いがけない形で隠されているのだ。

「君には、はっきり見えているのだろう?」

柚香はうなずいた。紅茶色の美しい石の中に、異国の街角が鮮やかに浮かび上がっていた。

「今日は、この琥珀の物語をお話しします」

遠い昔か、はるか未来かわからないけれど、科学と魔道が共に息づいていた街角の物語だ。

＊＊＊＊＊＊

このところ義眼を宝石で仕立てることが流行《はや》っている。

貴族だけの高尚な趣味ではない。石が必要とされるのは義眼のうちでも光彩の部分だけだから、親指の爪程の大きさがあれば足りるし、極薄くても良い。眼球自体は白磁や白大理石、胡蝶貝《こちょうがい》に人気があるが、セラミック製の安価な物もある。だから仕上げに宝石を使ったところで、庶民にも何とか手の届く価格に収めることができるのだ。

定番は紅玉《こうぎょく》や翠玉《すいぎょく》、琥珀といった光を通し発色が美しい石だが、最近では孔雀石《くじゃくいし》や天藍《てんらん》石《せき》、猫目石《ねこめいし》も使われるようになった。こうした石は光を通さないから揺らめく美しさを得ることは難しいが、石目を楽しむことができると人気があるのだ。

瞳孔に使われるのは黒玉が主で、黒真珠や黒大理石が使われることもある。客は自らの好みや懐《ふところ》具合と相談して材料を選び、義眼の製作を依頼する。

義眼が完成すると錬金術師の出番だ。無機質の材料をいかに生身の人体に馴染ませるかという点において、彼らの右に出るものはいない。どんな天才的技術を持とうとも、ただの人間に過ぎない外科医や工学技師に、義眼と本来の視神経を繋ぐことなどできはしないのだから。

そもそもは、この世に生まれ落ちた直後、人は錬金術師の祝福を受ける。痛みを与えず傷を残すこともなく、わずか一滴の血を流すことすらなく、錬金術師は赤ん坊から片目を取り出すのだ。

取り出される目は左目と決まっている。左目には、その者の本性が宿り、それは平穏な人生を送ることを望む以上、封じておくべきとされているからだ。悪霊とすら見なされる左目の力を解放することは、龍を乗りこなすようなもの。余程の野心家か、愚か者か、自棄《やけ》になった者しか、そんな危険な人生は望まない。

左目は特別な小箱に保管され、代わりに左の眼窩には義眼が嵌め込まれるのだ。赤ん坊の時に入れる義眼は、むろん本人ではなく親が選んだ物だ。子どもが七つの誕生日を迎えると、今度は本人の希望を入れた上で祖父母や親類縁者が新しい義眼を贈るのが、ずっと昔からの慣わしだった。

それから先は様々で、毎年のように子どもに新しい義眼を買い与える親もいれば、七歳の祝いの義眼をずっとつけさせる親もいる。

やがて子どもは独立し、自らの義眼を選択する権利も得るが、大抵の者は左目を取り上げ最初の義眼を与えてくれた錬金術師を生涯のかかりつけに指定する。義眼そのものは他で調達するとしても、つけかえを頼むのは馴染みの錬金術師だ。そんなわけで一人の錬金術師が数百人の顧客を持っていることは珍しくない。

ヨハネスもまた、そんな錬金術師の一人だった。彼は義眼も自ら作るから、今では仕事の大半は、眼球と向き合ったものとなっていた。

「先生、もうすぐ品評会ですね」

弟子の言葉にヨハネスは作業の手を止めることなくうなずいた。フラスコの中で溶液が目まぐるしく色を変えている。人工涙液の新作が出来上がるところなのだ。

錬金術師の力をもって義眼を埋め込むことで、視神経を繋げ「見る」ことはできる。義眼を保護する必要最小限の涙を分泌させることも。だがそれは十分ではなく、義眼は乾性炎症を起こしやすい。

義眼用の眼膏《がんこう》、睡眠時に装着する特別の眼帯、あらゆる工夫がされる中、ヨハネスが実用化に漕ぎつけたものが人工涙液だった。眼膏と似ているが、空気中の水分を取り込んで涙と同様の成分に変える力があり、一度塗布すれば一月《ひとつき》は効果が持続する。

「明日から、こちらの研究はお前に引き継いでもらう。私は義眼製作にかかりきりになるからな」

「光栄です！　全力をつくします」

一番弟子は興奮に頬を紅潮させた。

「先生は、どうぞ出品作のことだけお考え下さい」

二年に一度、義眼の品評会が開催される。全国から出品された義眼が審査され、厳密にランク付けされるのだ。品評会には、錬金術師ではなく義眼を作るだけの義眼士もエントリーをする。むしろヨハネスのように義眼の製作まで自ら手がける錬金術師は稀だから、ライバルの多くは、ただの人間だ。

義眼だけを作る生え抜きの義眼士から、からくり時計職人、宝石職人などエントリーする者の職業は幅広く、年齢もまた多岐に渡る。若い職人にとっては出世のチャンスだし、ある程度の経験を積んだ職人にとっては必要な箔《はく》づけだ。

金賞を頂点にして七位までが入賞となり、二年間はその印を許される。

ヨハネスの持つ印は銀賞だ。二年前の品評会で、彼は若き宝石職人に敗れ二位だった。ちょうど義眼に宝石を取り込むことが流行り出した時期で、若者は時流に乗ったのだ。

「今年こそ、金賞を取る」

ヨハネスは常々、そう宣言していた。錬金術師として四十年以上も働き、彼は自身の技に絶対の自信を持っていた。

「あんな若造に、人の目の何がわかる？　ただ見た目が華やかで美しいだけの義眼など、ワシは認めん」

若き宝石職人が品評会に出品した物は、紅玉を使った瞳だった。最高級の紅玉を、向こう側が透けるほどに薄く切り出し、それを数枚重ねることで繊細な輝きと涙の揺らぎまで表現して見せた。

「あれは、石の質が良かっただけだ」

負け惜しみとわかっていても、ヨハネスはそう吐き捨てた。

「そうですとも、審査員は義眼の本質を見誤ったんです」

「機能は先生の物が最高だったのに」

弟子たちは口々に言った。

だが、金賞の宝石職人が作る義眼には銀賞のヨハネスが作る義眼の倍の値がつくのが現実だ。宝石職人の義眼を購《あがな》う者は、それを眼窩に埋め込む為に錬金術師への支払いも必要とするから費用はさらにかさむ筈だ。それなのに宝石職人のもとに注文は殺到し、彼は芸術家にも似た高慢さで仕事を選んでいると聞く。


「それで、おじいちゃんも、今年は宝石で勝負するのね」

若い娘の声に、ヨハネスは手を止めて作業台から顔をあげた。

彼には四名の弟子がいるが女性はいない。断りなく仕事場に足を踏み入れても許される彼女は、ヨハネスの弟子でも孫娘でもなく、ただの花売り娘だ。まだ十四歳と幼いが、その美貌と色にひかれたヨハネスが品評会のモデルに雇ったのだ。

品評会の審査は義眼単体ではなく、モデルが実際に装着した状態で行われることとなっていた。モデルの良し悪しは勝負に大きな影響を与えるのだ。美しいに越したことはないが、美しいだけでは駄目だ。

その義眼を最も生かす雰囲気を持っているか？

審査員や観客の視線を引きつけて離さない存在感を持っているか？

この二年、ヨハネスは義眼の製作と並行して理想のモデルを探し続け、そしてついに見つけたのだ。彼の協力者であり、共犯者となる娘を。

娘はシェンドラと名乗った。本名は違うが、その異国風の名は客受けが良いのだと。

彼女のそういう強《したた》かで小ずるいところもヨハネスは気に入った。心根が真っ直ぐで嘘がつけない娘には共犯者は務まらない。

「モデルを終えても、目は返さなくとも良い」

娘が左目に嵌めているのは誕生の時に与えられた義眼であると、ヨハネスは一目で見抜いた。古い上にサイズも合っていないから、ほとんど見えていない筈だ。七つの誕生日に祝ってくれる親戚もなかったのだろう。身を粉にして働いても、美しく機能に優れた義眼を買うことなど望めない貧しい娘の心を、ヨハネスはそう言ってからめとった。

「どんな義眼が良いか二人で考えよう。一度、サンプルを見に遊びにおいで」


娘を工房に誘い込んでしまえば、ことは簡単だった。そこで作り出される錬金術師の義眼に、娘はすぐに夢中になった。

「金剛石や金も試してみたのだが、仕上がりは今一つだ。煌《きら》びやか過ぎると飽きるのも早い。

長く飽きない石はやはり古くから使われている琥珀だな。肌や髪の色を選ばず、誰にでも似合う目が出来上がる」

「実用的なのね。でも華がないから、品評会向きではない」

娘の聡《さと》さにヨハネスは満足の笑みを浮かべた。

「だからこそ、華として君の力が必要なのだよ。さあ、ごらん。君の心を捉える石があれば良いのだが」

光彩用にと極薄くスライスされた宝石は白いタイルに並べられていた。琥珀だけでなく、翠玉、黄水晶《きずいしょう》、柘榴石《ざくろ》、瑠璃《るり》と言った、若い娘が好みそうな石も揃っている。

「本当に、私に目をくれるの？」

シェンドラは右目をきらめかせた。

「ああ。君が得るものは、義眼一つじゃない。品評会で金賞を取れば、モデルを務めた君の未来も開けるだろう。人生を変えることができる」

「おじいちゃんは、私に何をさせたいの？」

娘は並べられた宝石から目を離し、まっすぐヨハネスの顔を見上げた。その眼差しにゾクリとした。

「おじいちゃんの名前は聞いたことがある。こんな立派な屋敷に住んでいて、お弟子さんが四人もいて、品評会で銀賞も取った偉い錬金術師でしょう。モデルになりたい娘が一杯いることくらい、私もわかる。どうして、私を選んだの？」

「君が、私の捜し求めたモデルだからだ」

ヨハネスは静かに答えた。

「さあ、選びなさい。私のモデルとなって栄華への階段を上るか、街角に立つ花売り娘に戻るか。ただし、私の手を取れば、君は後戻りできない」

「そうか。おじいちゃんは禁忌を犯そうとしているのね」

驚くべき洞察力で、娘は言った。

「だから秘密を守れて、出過ぎることなく、ちゃんと振舞える人形が欲しいのね」

「賢い人形でなければならない」

「金賞を取ったら、私の夢を叶えてくれる？　私、女優になりたいの」

「たやすいことだ。金賞を取れば造作もないこと」

「じゃあ、いいわ」

シェンドラの白い手が、老いた錬金術師の皺《しわ》深い手に重ねられた。

「秘密を話してくれないといけないわ」

艶やかな赤い唇が囁くように告げた。十四歳の娘とは思えない妖艶《ようえん》な仕草でヨハネスの膝に手を置き身を乗り出してくる。

「私たちは共犯者ですもの」

ヨハネスは、他の若い男のようにうろたえはしなかった。心から愉快そうな笑い声が錬金術師の工房に響いた。

「君は素敵な娘だな」

シェンドラをやんわりと押しのけて立ち上がると、ヨハネスは工房の奥に設えられた金庫の前に立った。ダイヤルを回し扉を開けて、取り出したものは、そこにもまた錠前がついた小さな箱だ。


紺色のビロードがはられた小箱をヨハネスは恭《うやうや》しい手つきで作業台に置いた。

「これは三月《みつき》前にようやく手に入れた物だ」

小さな金色の鍵を差し込むとピンと涼やかな音を立てて錠前は外れた。蓋が開かれた瞬間、シェンドラが小さな悲鳴をあげて後ずさった。

箱にはゼリーのような物が敷き詰められていて、そこに半ば埋まるように置かれているものは、眼球だったのだ。

「これが、錬金術師が作る義眼なの？」

あまりにも生々しく、血管までも見えるリアルさだ。

「いいや。錬金術が用いられているのは保存のための溶剤だけだ。この眼球は本物だ」

「左目？」

シェンドラは喘《あえ》ぐように聞いた。赤ん坊の時に錬金術師が取り出すという左目は、封印され、死の時まで保管されるのが常だ。死者に帷子《かたびら》を着せるように、その左目をもとの場所に戻し、死出の旅路へ送り出すのだ。

「金に困っているという流れ者から手に入れたのだ」

「そんなこと……」

左目を金に換えるなど、有り得ない。

親の愛に恵まれず、庇護を受けることがほとんどなくとも、シェンドラの左目はちゃんと保管されている筈だ。それを杜撰《ずさん》に扱い失うことにでもなれば、不吉なことが起こると言われているのだ。まして売り飛ばすなどと、そんな恐ろしいことを誰が考えるだろう。

「良い眼球だ。これなら最高級の目が出来るだろう」

うっとりと眼球を見やるヨハネスの横顔をシェンドラは息をつめるようにして見つめた。

金に困っている流れ者が、そんな保存状態の良い眼球を持っているわけがない。錬金術師が、この眼球を買い取ったというのは嘘だ。シェンドラは直感した。

彼は、この眼球を盗み出したのか、もしかしたら持ち主の命を奪ったのかもしれない。

「どれほど義眼士が精巧な作業をしても、錬金術師の技が優れた練成をしても、本物の眼球には敵わない。これを元に細工をするのだ。先ほど見た石の中から君が一番気に入った物を使おう。君の眼窩に相応しいサイズに調整して、視神経を繋ぐ」

「こんなことが、ばれたら……」

「誰にも知られることはないよ」

ヨハネスはパタンと小箱の蓋を閉めた。

「品評会の審査はモデルが義眼を嵌めたままの状態で行われる。万一知られても、品評会のルールを破ったことにはならない。素材にも製法にも制限は設けられていないのだから」

「でも……」

「素晴らしい目ができるよ」

ヨハネスは娘を抱き寄せて、その耳もとに囁いた。

「美しい宝石の輝きを瞳に乗せよう。本物の視神経はこの上なく滑らかに君に馴染むだろう。君は誰もが望むべくもない、美しい世界を見ることができるのだ。完璧な瞳だ」

「完璧な瞳？」

「そう。全て私に任せておきなさい。黒き魔術師とまで呼ばれたこの名にかけて、君に新たな目をあげよう」

ふうわりとした酩酊感に捕らわれて、シェンドラはうなずいていた。錬金術師の言うとおりにしておけば間違いはないのだ。美しい、最上級の目を手に入れることができるのだ。煌びやかな新しい人生も。


様々な宝石に触れてみたが、最後にシェンドラが選んだ石は琥珀だった。

太古の樹脂が化石化したその石は、驚くほど軽く、触れると人肌に似たぬくもりを感じさせる。硬度は人の爪と同程度、そんなにも柔らかな石が、数千万の時の流れにも損なわれることなく今にたどり着いたことは、一つの奇跡だ。

皇帝の石として珍重される乳白色の琥珀から、これも稀少な深紅の琥珀もヨハネスのコレクションにはあったが、シェンドラが選んだのはありきたりの、紅茶色の一欠けらだった。

「これがいい。あったかい感じがするから」

ヨハネスも、娘の選択に異をとなえなかった。極薄くスライスし形を整えると、保存されている誰かの左目に静かに乗せる。眠りの香がシェンドラを深い眠りに誘い込み、そして目覚めた時、その左目には新たな光が宿っていた。

「これが、私？」

鏡の中の娘を見て、シェンドラは呆然とつぶやいた。顔立ちが変わったわけではない。ヨハネスの錬金術は完璧だったから、眼球を取り替えることで瞼に弛《たる》みや皺が出ることはなかった。針も糸も使わない施術だから、目を閉じてしまえば昨日までの顔と何一つ変わることはない。ただ、目を開ければ……

瞳一つで、人はこれほど変わるのかと、ヨハネスでさえ息を呑むほどだった。ただ美しいだけでなく、激しく強い意志を持った瞳だ。

「痛みはないかね？　違和感や、見えにくいといったことは？」

シェンドラは、全ての問いかけに首を振った。左目は完璧だった。

「素晴らしい瞳です、先生。右目と比べても全く遜色《そんしょく》ない。なんて、繊細に動くんだろう。人工涙液との相性も抜群です」

弟子がうっとりとつぶやいた。ライトを使い娘の瞳孔をチェックしていたヨハネスも満足してうなずいた。光に対する反応も素晴らしい。まさしく生まれながらの目のように、義眼はシェンドラに適合していた。

懸念していた拒絶反応も全く見られなかったが、そのことに、ヨハネスは極わずかな違和感を覚えていた。移植手術の最大の敵は感染症と拒絶反応だ。いかな優れた錬金術を用いようと、他人の眼球を埋め込む以上は、多少の拒絶反応があると思っていたのだ。眼球が娘に馴染むまでは、反応の遅れや、視力が出にくいといった不具合があるものだと。だがシェンドラの新しい目は完璧に馴染んでいた。

「ああ、ありがとう。おじいちゃん！」

シェンドラは錬金術師に飛びついて、その頬にキスをした。

「最高の贈り物だわ」

取り外された古い義眼がテーブルから転がり落ち、コンッと微かな音を立てたことに気づくものはいなかった。

「金賞は間違いないですよ、先生」

「おめでとうございます」

弟子たちが口々に祝福の言葉を述べる。その夜、ヨハネスの工房は遅くまで明かりが消えることはなかった。

実際、品評会の舞台でもヨハネスの義眼は圧巻だった。眼圧も、視力も、光に対する反応速度も、潤いも申し分なく、オリジナルの眼球よりもオリジナルらしいと判定が下されたのだ。さらに美しく、生気に溢れている。

品評会の会場で耐久性を試すことはできないが、傷一つない角膜、いささかの濁りもない水晶体は、幼い子どもなみに生きの良い眼球であることを示していた。

「金賞はヨハネスだ」

「まさに、完璧な義眼だ。これ以上の物は望めまい」

錬金術師に対する妬《ねた》みこそあれ、ヨハネスが金賞を受けることに反対の声は上がらなかった。


「ああ、おじいちゃん。薬をちょうだい」

薄闇の中に、しわがれた声が響いた。鎧戸《よろいど》を下ろした寝室で毛布に包《くる》まっているのは、三月前には舞台でスポットライトを浴びていた美貌の女優だ。見る影もなくやつれ、髪は半分ほど白くなっている。まだ十四歳だというのに、その姿は老婆のようだった。

「これは強い薬だから、体に障《さわ》る」

「だって、目が痛いのよ。あの薬でないと、痛みは治まらないの」

弱々しい娘の声に、ヨハネスは小さな緑色の丸薬を渡した。アヘンが混ぜ込んであり、公には禁じられている強い鎮痛剤だ。半月前からシェンドラが訴えるように左目の痛みは次第に強くなり、もはやこの痛み止めしか効かないのだ。

「この頃、なんだか光が眩しくて」

品評会で金賞を受賞したことがきっかけで念願の女優としてデビューしたシェンドラは、半月に一度はヨハネスのもとを訪れ眼球の経過観察をしていた。彼女が最初にそう言った時点ではヨハネスはことを重要視していなかった。

「どこも、これといって問題はないようだが」

検査数値はいずれも正常で、視力もきちんと出ている。

「ライトを浴びすぎて、少し目が乾いているのかもしれない。眼膏を出しておこう」

「ありがとう」

ヨハネスの調合した眼膏を素直に受け取って帰っていったシェンドラだが、数日後に事態は急変した。幕間に激しい目の痛みを訴え昏倒したのだ。

病院に運び込まれたものの、左目に異常は見られなかった。

医師は、過労からくる精神的な痛みだろうと首を捻るばかりで、少し仕事を休み静養するようにとシェンドラに申し渡した。だが売り出し中のシェンドラが休むことを興行主は良しとしなかった。何よりシェンドラ自身も舞台を続けたがった。

無理に舞台に上がり続けたシェンドラは、突然襲う原因不明の激痛に数度に渡り舞台で立ちすくむことになり、結局は解雇された。

「こうなっては、左目を取り外すしかない」

ヨハネスは決意した。彼の最高傑作だが、この目がシェンドラの不調の原因であることは明らかだ。一度、取り外して原因を調べるべきだ。だが、シェンドラは頑として拒んだ。

「この目は絶対に渡さない！　誰にも、取らせやしない」

激しい痛みに苦しみながら、シェンドラは左目にすさまじい執着を見せた。目を血走らせ、歯をむき出して叫ぶその姿に、ヨハネスも弟子たちも近づくことをためらった。

「いったい、どうして、こんなことに」

ヨハネスは首を振った。他人の眼球を移植した拒絶反応にしては奇妙なことが多すぎる。拒絶反応の場合、ダメージを受けるのは移植された臓器の側だ。今回の場合、異物と判断され免疫に攻撃を受けた眼球が機能を損ね、壊死するならば話はわかる。

だがシェンドラの左目は全く問題なく機能している。痛めつけられ、憔悴《しょうすい》しているのはシェンドラの方だ。まるで眼球が、宿主の身を乗っ取ろうとしているように。

ふいに、ヨハネスは立ち上がった。

「先生、どちらへ？」

「ちょっと出かけてくる。シェンドラを看《み》ていてくれ」

目立たぬ服に着替えたヨハネスが向かったのは下町の一角だった。特に貧しい者たちが暮らし、金になるならと人体の一部を売ることも珍しくはない。その中でも、ことさら薄汚れた小屋にヨハネスは足を踏み入れた。アヘンの香が漂う小屋には三人の男がいた。

「あんたを覚えている。半年前にも、ここに来たね」

一人の男が言った。

「四番の男から何かを買った」

ここにいる男たちは番号で呼ばれるのだ。

「四番はもう、ここにはいないよ。あんたから受け取った金を持って出て行った。それで姿を消した」

そんなことはわかっている。四番の男はヨハネスが殺して運河に捨てたのだ。

「私は彼から左目を買った。彼が、自分の左目だと言った物を」

「そんな筈はないな」

腕に二番の刺青《いれずみ》を入れた男が口を挟んだ。

「あいつは、一昨年の冬には自分の左目を売っちまった筈だ。それで投げやりになって、こんな所まで落ちてきた」

「だが、私は確かに彼から眼球を」

「四番が、どこからか盗んできた物だろう」

赤子の際に取り出された左目は大切に保管される。たやすく盗める物ではない筈だ。盗むことがたやすいならば、ヨハネスが人を殺してまで手に入れる必要はなかった。

「おおかた、子どもの左目だろうさ」

三番の男が吐き捨てるように言った。

「子どもの左目なら、親が保管していたっておかしくない。四番は娘がいると言っていた」

「娘……」

「花売りをしていて、ちょいと異国風の変わった名前だったから覚えているんだが」

思い出そうと、幾つかの名前をつぶやく男は、やがて大きくうなずいた。ああ、そうだ。シェンドラ。四番の娘の名前はシェンドラと言った。

ヨハネスは身を翻《ひるがえ》した。

あれは、他人の左目ではなかった。シェンドラに嵌め込んだ左目は、彼女自身の物だったのだ。悪霊が宿ると言われる左目。生まれ落ちた時に取り出して、封印されるべき左目だ。

ヨハネスはそれを、彼女自身に与えてしまった。

抑える術も操る術も持たない娘に、龍を与えてしまった。

工房へ向かう道半ばで、ヨハネスは足を止めた。炎が上がっている。あれは彼の工房だ。弟子たちが足を縺《もつ》れさせるようにして駆けて来る。

「先生！」

何か言おうとするが、ほとんど声にならない。ヨハネスは途切れ途切れの言葉を繋ぎ合わせ、何とか意味のある文章を引き出そうとした。

娘は、自らの手で左目を抉《えぐ》り出した。

眼窩から血を流しながらシェンドラは唸るように訴えたと言う。

「このままでは、喰われてしまう。この目は私の体を奪い、支配しようとしている」

炎の窓辺に、やせ細った娘の姿があった。炎に紅く照らされた白い手に握りこまれたのは、彼女の左目だ。

あれほどに痛めつけられ生気を奪われてもなお、娘は自らの意思を左目に奪われることを良しとしなかった。狂気の中にありながら、誇り高く美しいその姿に、ヨハネスはしばし目を奪われた。

「君に美しい目をあげよう」

心の奥から湧き上がる想いのままに、ヨハネスはつぶやいた。自身の名声の為でも自尊心の為でもなく、まして錬金術の技を極めるためでもなく、ただ彼女の人生を取り戻すために。

「さあ、そんな目は捨てておしまい」

ヨハネスは窓辺のシェンドラに手を差し伸べた。その左目を投げ捨てて、自由におなり。

「いやよ」

轟々《ごうごう》と鳴る炎の中で、その声は不思議とくっきりヨハネスに届いた。

「私の左目は誰にも渡さない。私が、この目を支配するの」

言うなり、シェンドラは自らの左目を口に放り込んだ。血まみれの左目は紅く小さな林檎《りんご》のようだ。炎に照らされ、血を流し、頬も手も全てを赤く染め上げて、女優は自らの目を貪《むさぼ》り食う。天へ届けよと高らかに舞う炎の喝采を受けながら。

＊＊＊＊＊＊

語り終えて、柚香は大きく息を吐いた。左目の奥が鈍く痛むような気がして、瞼をおさえる。まるで、悲しい最後を迎えた女優の魂が乗り移ったかのようだった。炎の残像が消えず、店を茜《あかね》に染めていた。

そしてまた柚香はヨハネスでもあった。禁忌を犯した錬金術師。己の才に溺《おぼ》れ、ひと時の栄光と引き換えに彼が失ったものは、あまりにも大きい。物語はあそこで途切れてしまったけれど、彼の人生は長く続くのだ。

「大丈夫か？」

「……はい」

気遣うような声に何とか応えると、深いため息が聞こえた。

「君は同調能力が高いようだな」

「同調能力？」

「共感する力とも言えるが」

柚香は左目から手を離し、ゆっくりと瞬きをした。視界が元の世界を取り戻し、ほっと息をつくと、何ごとか言いたげに自分を見ている店主に気がついた。

「何ですか？」

「いや」

「共感する力って、人の気持ちがわかるってことですよね。良いことだと思うんですけど」

学校でも家でも教えられるではないか。人の気持ちを考えろと。

「理解する力ではなくて、重ねあわせてしまう力だ」

「良くわからない」

「いつか、わかるさ。それよりも、強すぎる同調能力は、余計なものまで引き寄せてしまう危険性がある。今にして思えば、君があの人形から全てを読み取らなかったのは、無意識のうちに危うさを回避していたのかもしれない。私は軽はずみなことをしたかな」

「今さら、そんなこと言われても……」

柚香には、どうすることもできない。彼の言うことを理解すらできていないのに。

「そうだな」

店主は立ち上がると、紫檀の丸テーブルから一つの品を取りあげた。

「そうだな、次はこの物語を聞かせて欲しい」

それは、掌に乗る程度の小さなランプだった。七宝細工のような美しい青が印象的だった。

「瑠璃のランプと呼ばれている」

柚香はランプに手を伸ばさなかった。

柚香が品物に触れて、そこから物語を感じ取ることがルールだった筈なのに。

ランプはずっとテーブルに置かれていたけれど、柚香を呼ぶことはなかった。

「これはまた変わった経緯で手に入れた品なのだ」

柚香が口に出さなかった気持ちを店主はちゃんと聞き取った。

「私がまだ店を開く前、古い知人が譲ってくれた物だ。彼は君のように物語を読み取る者ではなかったが歴史学者でね、このランプに纏わる史実を知っていた。それを彼から聞いたから、私はこのランプのかつての持ち主については知っている」

「アラビアンナイトに出てきそうなランプ」

優美な造形や美しい瑠璃色。骨董品として価値が高まる前から、きっと、とてつもなく高価な品だったのだ。王様の持ち主だったと言われてもうなずけるような。

「そうだな。あちらから出土した物だ」

店主は微笑んだ。

「持ち主は、貧しい村に生まれた平凡な娘。後に王妃にまでなった女性の持ち物だったそうだ」

予《あらかじ》め知るのはここまでだ。店主はそう言って、柚香にランプを差し出した。

「聞こえてしまう物語を聞くのも良いが、自ら探しに行くのも、また一興。私や世の大抵の人間は、君たちのような存在を介してしか物語を知りえない。そして、君が期待するほど繊細ではないし、わかろうとしてはくれない」

「伝わらないってことですか?」

「君が思っているほどにはね」

柚香はランプを受け取った。

集中して心をかたむければ、前と同じように物語が立ち上がってくるだろうか？　少なくとも、今すぐハイとはできそうにない。

「今日はもう帰った方が良いみたいです」

柚香はランプを返そうとした。

部活をサボってここに来たから時間は大丈夫だが、母より先に帰って靴のことや他にも幾つか誤魔化さねばならないことがある。既に一つの物語を語っていたから、ずいぶん長い時間を店で過ごしたことになる。

「そうか」

店主は柚香を引きとめはしなかったが、代わりに言った。

「ランプは持っていくと良い」

「え？」

店の品を持ち出して良いなどと、彼が口にするのは初めてだった。柚香が戸惑っているうちに、店主はさっさと絹で出来た小さな袋にランプをしまった。

「でも、次に来られるまで少し空いてしまうかもしれない」

寛子に寄り道がばれていないとしても、文芸部のことがある。顧問とあんなことになって、部活を放り出してきてしまった。戻れないかもしれないが、せめて引き継ぎはしなければならないし、もし何ごともなかったように続けるならば、原稿を書き上げなければならない。

考えると気が重くなってくることばかりだ。

「構わない」

うつむく柚香を気遣ったのか、店主はいつになく優しい響きの声で言った。

「王妃は眠る時、そのランプに香料入りの油を入れて灯したと聞く。今はむろん油は入っていないし火もつかないだろうが、蓋を開けると残り香がある。良い夢を見られるかもしれないよ」

三章　眼目愛づる姫君

自転車に乗って信号待ちをしていると、セイタカアワダチソウの鮮やかな黄色が目を引いた。公立図書館の古いブロック塀に沿って、背の高い花が咲いている。ブロック塀とアスファルトの隙間から生えているのだ。生命力が強いこの花を見ると、柚香は秋が来たなあと思うのだった。

金木犀《きんもくせい》の香が混じる秋風も気持ち良い。

「菊池《きくち》さん？」

ぼんやりと黄色の塊を見ていると、声をかけられた。あまり言葉を交わしたことはないが、隣のクラスの生徒だ。

「図書館、寄って行くの？」

聞かれて、柚香は首を振った。何とか相手の名前を思い出すことができた。

「黒木《くろき》さんは？」

「塾の時間まで自習室で勉強して行くの。ここ、穴場なんだよね」

公立図書館は夜九時まで開館していて、午後三時以降は自習室での勉強が認められているのだ。建物が古いからか利用者が少なく、自習室はいつも半分程度しか埋まらない。柚香も以前は、ずいぶん利用したものだった。

「塾の自習室は混んでいて、ギスギスしているしね」

「外部を受けるの？」

柚香が通っている中学校は短期大学までエスカレーターで進めるのだ。大学で外部受験をする生徒は珍しくないが、高校進学時点ではそのまま内部進学する者が大半だ。

「うん。大学は薬学に進みたいからね。中学受験はおばあちゃんがどうしてもって言うから、まさか受かると思わないで受けたんだ。うちの学校は雰囲気は良いけど、勉強はほら、ちょっとのんびりしているから」

「そうだね」

自宅学習をほとんどしない柚香でも上位の成績が取れてしまうくらいだった。自由な校風で、おっとりした生徒が多く、授業が荒れたり、いじめが問題になることもない。居心地の良い中学校ではあるけれど、物足りなさを感じる生徒や保護者がいることも事実だ。

「じゃあね」

「うん、頑張って」

黒木と別れて自転車を走らせながら、柚香はぼんやりと進路について考えた。寛子は、自身が建築士としてキャリアを積んでいるのに、娘の柚香には、仕事は腰かけ程度で早くに結婚してほしいと思っている節がある。

「無理せず、短大に進めばいいじゃない。目のこともあるし」

だから柚香は言い出せずにいるのだ。大学は外部を受験したいと思っていることを。

高等部に進んだら、そろそろそのことも話さなくてはいけない。そう思うと、なんだか気が重かった。さっきまで秋風をいっぱいに吸い込んでいた胸も、しぼんでしまうようだった。

進路について誰かに相談したいと思うものの、誰と話したら良いのかわからない。中学校の担任は多分、そんな先のことまで一緒に考えてくれないし、進路相談室もあるにはあるが、あれは高校で外部受験する生徒に対するアドバイスをするところだ。

「あの人に、相談してみようかな」

マンションの駐輪場に自転車を止めながら、ふいに浮かんだ考えを、柚香は慌てて打ち消した。

「ない、ない」

「柚香、どこに行っていたの！」

ドアを開けるなり鋭い声が響いて、柚香は思わず身を竦《すく》ませた。スーツ姿のままの寛子が苛立ちを隠さずにリビングから顔を見せた。

「どこって……学校」

今日は授業が終わって真っ直ぐ帰ってきたのだ。まだ五時前で、家にいる筈がないのは母の方だった。建築士である寛子は柚香が小学校を卒業するまでは在宅でほとんどの仕事をこなしていたが、中学に入学してからは事務所に出勤するようになった。

クライアントあっての仕事だから勤務時間は不規則で平日の昼間に家にいることがないわけではないが、今日の帰りは七時を過ぎると聞いていて、夕食は柚香が作ることになっていたのだ。

「あなた、クリニックに行かなかったそうね？　電話があったのよ」

「あ……」

完全に忘れていた。本当なら先週が受診日だったのだが、点眼薬はまだ残っていたし、何となく気分が優れなかったから今日に予約をずらしてもらったのだ。

「ごめんなさい」

鞄に入れっぱなしだった携帯電話を取り出してみると、確かに着信履歴にクリニックの番号があった。その後にズラリと並んでいる番号は寛子のものだ。

「携帯を見てなかったけど、何かあった……」

「ちょっと、こっちに来なさい」

単にクリニックの予約を忘れたというだけではなく、他にもっと母を怒らせる何かがあるようだった。心当たりがないままに、柚香は携帯電話をしまって靴を脱いだ。

職員室を飛び出して上履きで帰って来た日から十日は過ぎている。あの日でなくて本当に良かった。

柚香はほとんど引きずられるような勢いでリビングに連れて行かれた。掴《つか》まれた腕が痛んだが、それを口にしたら寛子をますます怒らせそうだったから、柚香はぐっと我慢した。

「最近、あなたは変よ。帰りも遅いし、いったいどこに寄り道しているの？」

「そんなに遅くないでしょ。水曜と金曜は二時間だけ部活に出ているから……」

「嘘をつかないで」

ぴしゃりと、寛子が柚香の言葉を遮った。

「部活にはずっと出ていないそうね？　顧問の先生から電話をいただいたのよ」

柚香は結局あれから一度も部活に顔を出していなかった。その時間で眼球堂に通っていたのだ。不登校というわけでもないのに、まさか部活を休んだことで顧問が保護者に電話をかけてくるとは思わなかった。

「何か行き違いがあったみたいだって、先生が心配していらしたわ。あなた、いじめられているんじゃないでしょうね？」

柚香が黙っていると、寛子は少し口調をやわらげた。

「部活をやめたいなら、やめていいのよ。でも、だったらどこに行っているの？　担任の先生は図書室に寄っている様子はないっておっしゃっていたけれど」

「……電話したの？」

顧問の橋田から電話があったことはともかくとして、寛子は柚香の学校での様子を探る為に担任に電話をしたと言うのだ。柚香が特に問題行動を起こしたわけでもないのに、帰りが数時間遅くなった程度で中学校に電話をするなんて、柚香には信じられなかった。小学生ではないのだ。

「あなたが心配だったからよ」

柚香の非難を、寛子は取り合ってくれなかった。

「今日だって、後三十分しても帰ってこなかったら、市内の図書館に電話をするつもりだったわ。あなたが立ち寄るところなんて、他に思い当たらないもの」

「お母さん」

ますます寛子の言うことが普通でないように感じられて、柚香は動揺した。

落ち着こうと自分に言い聞かせながら、柚香は母の様子を窺った。もとから少し神経質で過干渉なところがあり、目のことがあって拍車がかかっているとは思っていたけれど、これは行きすぎている。

「あなたまさか、あの人と会っているんじゃないわね？」

ふいに低い声で寛子が聞いた。探るようなその口調に、やましいことなどないのに柚香は身をすくませた。さっき、たしかに「あの人」のことを思い浮かべていたのだ。七年前に母と離婚して出て行った父親のことを。

あの時、柚香はまだ幼くて、喧嘩を繰り返す二人の姿に怯《おび》えるばかりだった。どちらが悪いかなんて考える余裕もなかったけれど、今なら少しだけわかる気がする。

父は子どもみたいな人だった。画家になることを夢みていたが、母と結婚した時にその道を諦めて美術教師として働き出したのだった。けれど柚香が生まれた頃には退職してしまっていた。絵を描く時間がなくなるからと部活動の顧問を断ったり、時間外の勤務をあからさまに嫌がっているうちに、周囲と上手くいかなくなったことが原因だった。

その後も、専門学校の講師や美術雑誌のライターなど幾つもの仕事についたものの、どれも長くは続かなかった。良く言えばやりたいことがはっきりしている個人主義で、悪く言えば我侭で我慢のできない人だったのだ。

そんな調子だったから父の収入は不安定だったけれど、それを補ってあまりあるほど寛子が働いていたから、生活にはゆとりがあったように思う。

母は幸運にも好きなことを仕事にして、周囲にも恵まれたのだ。父はこれ幸いと、仕事を探す素振りすら見せずに絵を描き始めた。絵画サークルを立ち上げて、さらにそこで知りあった女性たちと泊りがけでスケッチ旅行に行くようになったのだ。

寛子が愛想を尽かすのも無理はない。

父はものごとに執着しない人だったから、離婚はあっさり成立した。寛子は、それは柚香の権利だからと言って養育費の取り決めはキチンとしたが、面会については何も決めなかった。できれば柚香と父を会わせたくないと思っていることは明らかだったし、父はそのことにも異議はとなえなかった。

両親が離婚してから、柚香は一度も父とは会っていない。最初の数年は誕生日やクリスマス、新年に、手紙やプレゼントが届いたが、それも途絶えがちだ。寛子は口にしないけれど養育費は一度も支払われなかったのだと思う。

「お父さんに会いたいとは思わない」

冷たいかもしれないけれど、あの人は母と柚香を捨てて出て行ったのだ。幼い頃よりも今の方がずっと、父のずるさが見えてしまった。

そのことは寛子も知っているのに、どうして今更。

「お父さんからは新年にメールが来たけど、それきりよ。アドレスを教えたのは、お母さんも知っているでしょ」

中学生になって携帯電話を持つようになった時、番号とメールアドレスを父にも知らせていた。深い意味はなく、その後も柚香の方から父に連絡することはなかった。まして母に黙って会ったことなどない。

それなのに、寛子は言うのだ。

「携帯を見せなさい」

「どうして？」

「あなたが最近おかしいのは、あの人が何か余計なことを言ったからに違いないわ」

すっかり自分の中で話を作り上げた寛子が、柚香の鞄に手を伸ばした。反射的に柚香は鞄を引き寄せた。そのことが母をさらに興奮させてしまった。

「貸しなさいと言うのに！」

寛子の手が柚香の鞄を引っぱった。ちょっとしたもみ合いになって、弾みで鞄の蓋が開いて、中からリビングのフローリングに転がり落ちた物がある。

「あ……」

小さな布袋から顔を覗かせたのは、眼球堂から預かった瑠璃色のランプだ。見るからに高価な物で、もちろん柚香の物でないことを、寛子は一目で見抜いた。

預かり物だと説明しようとしたのに、母は勝ち誇ったように叫んだ。

「あの人に貰ったのね！　もうすぐ柚香の誕生日だ。中学生だから少し値の張るアクセサリーをプレゼントして良いかってメールが来たのよ。確かに、あの人はあなたの父親だから、プレゼントをすると言うなら私が止める筋合いじゃないわ。だからって、こそこそ会って、こんな物を……」

「ぜんぜん、違うわ」

柚香は母の言葉を遮った。

「お父さんとは会ってないし、メールも貰ってない。これは預かっているだけなの。たぶん、高価な物で、勝手に預かったのは良くなかったと思う。それは、ごめんなさい」

「どうして、そんな嘘をつくの。あなたも、あの人と同じ、作り話ばかり上手くなって！　小説なんて、下らないものを書いているから」

冷たい刃に貫かれた気持ちだった。

寛子はずっと、文芸部の活動に良い顔をしなかった。柚香の目を心配してのことだと思っていたけれど、そうではなかったのだ。柚香が物語を書くこと自体が嫌いなのだ。

「貸しなさい！」

寛子の手が伸ばされる前に、柚香はランプを拾いあげた。ぎゅっと握りしめる。

「お母さんには、わからないよ！」

物語の世界が、どれだけ柚香の救いだったか。本を読めば、いつだって違う世界に行くことができた。それはただ逃げ出すことではなくて、現実でもう少し頑張る力となったのだ。そんな風に、自分でも書きたいと思ったのに。

「下らなくなんかない。私には、大切なものなのに……」

これ以上この場にいたら自分が何を言ってしまうかわからない。柚香はリビングを出た。

「待ちなさい、柚香。話は終わってないわ！」

寛子が追いかけてくる。柚香の部屋に鍵はかけられないから、母は押し入ってくるだろう。いったい、このヒステリックな叫びはいつまで続くのか。もう、嫌だ！

柚香は、そのまま廊下を走って家を飛び出した。

壁の時計は午後八時を過ぎようとしていた。この時間でも同じビルに学習塾が入っているファストフード店は、制服姿の中学生や高校生で賑《にぎ》わっていたから、柚香は目立つことなく、隅の席でコーヒーを飲んでいた。

家にいたくなくて咄嗟に飛び出してしまったけれど、これからどうして良いかわからない。

鞄も持ってこなかった。上着のポケットには瑠璃色のランプの他に、財布と眼球堂の店主から借りた眼鏡が入っているきりだ。

橋田先生と母。最近、人とトラブルを起こしてばかりだ。

「私のせいなのかな」

柚香は小さくつぶやいた。

これは、優等生の柚香にとって人生初めての家出かもしれないが、頼ることができる友達の顔一つ思い浮かべることができなかった。父からの連絡がなくなったことも含めて、自分は、人と上手くやっていけない、淋しい人間なのかもしれない。

一人で考えていると、どんどん悪い方向に向かってしまう。

仮に急に泊めてくれるような友達がいたとしても、携帯も鞄に入れたまま家に置いてきてしまったから、連絡をつけることはできない。数千円と通学定期が入っただけの財布しか持っていない以上、家に帰らないわけにはいかないのだ。

それでも、もう少し。

ぐずぐずとコーヒーを飲みながら、柚香は上着のポケットに手を伸ばした。ひんやりとしたランプに指先を走らせる。それを眼球堂の店主から受け取って、もう十日ほどになる。その間に店には二度行って二つの話を語ったが、どちらもランプの物語ではなかった。

店の品物を見渡して、柚香に語りかけてくる物を手にすると、するすると物語が伝わってくる。それなのに、店主から渡されたランプは柚香に何も語ってくれなかったのだ。確かに何かがそこにあるようなのに、手を伸ばしても掴むことができない。ひどくもどかしくて、落ち着かない気持ちになる。眼球堂の店主は、それこそが彼のような普通の人の感覚だと言ったけれど、それを柚香が知ってもどうしようもない。

ランプを家に持って帰ったりしなかったら、母に誤解をされることもなかったのに。店主が言ったようにランプには時を経ても消えない香があったが、それは良い夢をもたらすどころか、不安という立ちをかきたてるばかりだ。

これは、返してしまおう。今夜にでも。

柚香は冷め切ったコーヒーを飲んで席を立った。

人影がまばらになった書店を通り抜けて、柚香は眼球堂から借りた眼鏡を取り出した。

何の変哲もない白い壁に、まるであぶり出しのように扉が浮かび上がってくる様は、何度見ても面白いものだった。はじめは壁に描かれた絵のように平面的な扉が、次第に存在感を増して柚香を誘うのだ。

こんな時間だからもう閉店しているかと思ったが、扉はいつものように銀鈴の響と共に開いて、柚香を迎え入れた。

「今日はまた、ずいぶん遅い来訪だな」

店主が驚いたように顔をあげた。これまで柚香が店を訪れるのは午後の比較的早い時間だったのだ。いつも三つ揃えのスーツをきっちり着こなしている彼も、上着を脱いで襟元もくつろげてしまっている。

「お店、閉める時間ですか?」

現実世界とは少しばかりずれた時空にあるこの店にも、営業時間というものはあるのかもしれない。そう思って聞いたのだが、店主は首を振った。

「客がいる限り、店は開いている」

「私はお客様じゃありませんけど」

「立派な客だ。当店自慢の眼球を買い入れようと言うのだから」

そんな風に言われてしまうと、物語が読み取れないからと言ってランプを返すのも悪いような気がして、柚香は出鼻をくじかれた。

「まあ、ゆっくりしていくと良い。あいにく、腹の足しになるものはないがね」

「お腹はすいていません」

「では紅茶を入れよう。こんな時間だからハーブティーが良いか」

店主がいつものように飲み物の仕度を始めると、柚香は紫檀の丸テーブルに歩み寄った。ひとまずランプのことは頭の外に追いやっておいて、他の品々を眺めていく。また幾つか、新しい品が増えていた。

いつの間にか、柚香はこんな風に古い物と向かい合う時間が、とても好きになっていた。耳を澄ませると、声が聞こえてくる。

今宵《こよい》、ひそやかな声で柚香を呼んだのは、掌に載るほど小さな、携帯用の硯箱《すずりばこ》だった。艶やかな黒漆《くろうるし》の上に金銀の象嵌《ぞうがん》で桜の花びらが散った意匠《いしょう》だ。桜の花びらの所どころには瞳が細工されている。

蓋を開けてみると書道用具一式が収められていた。玩具のように小さいけれど、硯と墨、細筆、水滴、文鎮まで揃っている。文鎮は人の目の形をしているし、硯にも目が彫り込まれた変わった品だ。

柚香が硯箱を応接セットまで運んだ時、ちょうど店主が紅茶のカップを運んできた。二人は向かい合って座った。

「これ、象嵌細工ですよね」

「良く知っているな」

「おばあちゃんが簪《かんざし》を持っていたから。高価な物ですよね。すごく綺麗」

「確かに、雅《みやび》な物だ。京で手に入れたと言っていたな」

「言っていた？」

「私は自分では買い付けに行かない。店に持ち込まれる品を買い入れるんだ。もっとも取引をしている相手は一人だけだがね」

「一人でお店の仕入れを全部？」

特別に広い店ではないが、置いてある品は時代や地域が多岐に渡っている。骨董品は専門分野が細かく分かれていて、経験や深い知識が必要と聞いたことがあるのに。

「言葉だって違うのに」

「彼女は語学の天才だし、長くこの仕事をしているから」

「女性なんですね」

どんな人なのだろう？　頭が良くて、度胸があって、骨董の目利きで、颯爽と世界を股にかけている人。

長くこの仕事をしているということは、眼球堂の店主よりもだいぶ年上なのかもしれない。それにしては、店主の口ぶりは気の置けない相手に対するもののようだけど。

「世界中を飛び回るといっても、ここは次元の狭間にある店だ。ここを中継点にすれば、世界のどこへでも行くことができる」

世界のどこへでもと店主は言うが、それとて柚香が生きる世界に限ったことではないのだ。赤い瞳の人形も、琥珀の原石も、内に秘めた物語の舞台は未来であったり、当たり前のように魔法が息づく異国だった。

「このお店は、日本の物はあまり置いていないんですね」

日本風の、と言い換えても良い。店には山のように骨董品があるけれど、象嵌がほどこされた硯箱の他に似た感じの品はなかった。

「日本には古い品物は沢山あるような気がするけれど」

だから、あえて和風の骨董品を入れない品揃えなのかと思っていた。

「日本ではほとんど買い入れはしない。彼女の容姿は、この国では目立ちすぎるからな」

柚香は、眼球堂の店主は外国から来た人だと思っていた。それも地図に載っていないような、遠い国からだ。彼は流暢《りゅうちょう》な日本語を話すけれど、言葉には時おり不思議な響きが交じった。誰も知らない国の言葉のような。

仕入れを担当するという女性が店主と同じ場所で生まれ育ったのであれば、確かに欧米の方が街に溶け込むことができるだろう。

けれど今では日本で外国人を見るのは珍しいことではない。個人旅行でもビジネスでも、目立ちすぎるから不利益を蒙《こうむ》ることは少なくなっていると思うのだ。だから彼女には何か他に、人混みに紛れなければならない事情があるのかもしれない。

「じゃあ、これは？」

「先日、珍しくも仕事抜きで京都に行った折りに、さる旧家の男から譲り受けた物だ。男はその箱について、ただ古くから家に伝わるということしか知らないようだったが」

「古くって？」

「さあ、それも、はっきりとは語らなかった。私も彼女も、こういった物には詳しくないのだが、少なく見積もっても千年は昔の物だろう。もっと古い物かもしれない」

「どうして手離したんでしょう？　こんなに綺麗な物なのに」

柚香は象嵌に触れた。金銀で描かれているのに、じっと見つめているとちらちらと舞う花びらは桜色に変わっていくような気がする。ところどころに現れる瞳だけが銀色のまま、こちらを見据えている。

「本人は急に金が入用になったと言っていたが、本心ではないようだった。彼はどうやら、桜に混じって描かれた瞳を気味悪がっているようだった。こんなに美しいのに」

柚香は改めて硯箱の蓋を開けて中を改めた。墨はわずかも減っていなかった。後から新しい墨を入れたのか、それとも一度も使われたことがないのか。硯には傷痕一つなく、筆にも下ろした形跡はなかった。千年もたつというのに。

「私は、デザインが面白いと感じただけだったが、彼女は、これには強い念が込められていると言った」

「……怨念とか、そういうことですか？」

「いや。鎮魂だと言っていた」

誰かの魂を鎮める為に、この美しい硯箱は作られたのだ。

柚香は墨を取り上げて、香を確かめた。その瞬間ふわりと広がったのは墨の香ではなかった。高級な墨には香が練りこまれた物もあるが、それとも違う。これはもっと雅で華やかな香だ。着物に焚《た》き染《し》められた香のような。

目を閉じて、柚香はつぶやいた。

「左大臣の姫君は物の怪《け》つき、眼球を愛ずる姫君と呼ばれていました」

＊＊＊＊＊＊

今は昔、都一の権勢を誇る左大臣には、四人の姫がいた。一の姫は帝《みかど》の女御《にょうご》、二の姫は東宮《とうぐう》の尚侍《ないしのかみ》、三の姫は先の帝の第四皇子の正妻であったが、十三歳になる四の姫は未だ歌を交わす相手もないまま、屋敷の奥深く過ごしていた。

この姫はたいそう変わり者だったのだ。

四の姫が七歳の時、「眼の物の怪」と呼ばれる怪異が都を騒がせていた。童《わらべ》を攫《さら》い、その眼を喰《く》うという物の怪だった。四の姫はその物の怪に攫われ三日三晩帰らなかった。同じように攫われた童たちはみな命を落としていたから、左大臣の嘆きは大変なものだった。だが姿を消してから四日目の朝、四の姫は屋敷の門前にポツンと佇《たたず》んでいたのだ。

眼を失うこともなく、その身に傷一つなく、けれどすっかり人が変わってしまったのだった。自分の名前をはじめ家族のことも忘れてしまい、おかしなことを口走るばかり。見事な腕前であった箏《そう》も和歌も書も、それどころか日常の何から何までもを、四の姫は忘れてしまっていた。まるで赤子のようだった。

左大臣は高名な僧侶や陰陽師たちに助けを求めたが、彼らは口々に四の姫には物の怪がついたと言うばかり。加持《かじ》や祈祷《きとう》を繰り返してみたものの、利発で可愛らしい四の姫は戻ってこなかった。

それでも末の姫を憐れと思った左大臣は信頼できる乳母をつけ、屋敷の一角で四の姫が気ままに暮らすことを許した。姫君の一人くらい生涯養っても困る左大臣家ではなかったのだ。帝や東宮をはじめ有力な貴族と結婚させる目論見はついえたが、何と言っても四の姫であるから、もともと大きな期待はされていなかったのだ。

そしてまた、一人の陰陽師が気になる言葉を口にしていた。

「再び眼の物の怪が現れる時、四の姫君は封じとなるだろう」

左大臣は屋敷の一角に住まわせた四の姫に、滅多に会いに行くこともなかった。

それから六年が過ぎた。辛抱強く愛情深い乳母のおかげで、四の姫は健やかに、美しく、賢く育った。相変わらず変わり者で、和歌や箏、香合わせといったものに興味は抱かなかったが、代わりに男がするような学問を好んだ。漢書を読み解き、唐の言葉も理解するほどの四の姫を見て、左大臣はため息をついた。

「姫が男であったなら」

だいぶん姫君らしくふるまうようになった四の姫が、今でも物の怪つきの姫と呼ばれ、人々から疎遠にされているには理由があった。姫君が、変わった物を愛でていたからだ。虫の類ではない。姫君が愛でるのは眼目、すなわち人の眼だったのだ。

物の怪に攫われて、無事に戻ってから、姫君は眼目に異常な興味を示していた。筆と紙を与えられた四の姫が初めて描いた物は、人の眼だった。あまりに細密で正確だったから、何が描かれているか周りの者には理解できなかった。

左大臣が姫君を治す手がかりにならぬかと、その絵を方々に見せて回るうちに、それが人の眼であることがわかったのだ。それは、医師が驚くほどの正確さだった。その絵に興味を持ち、館を訪れた医師の一人は、四の姫と言葉を交わし、その知識に驚嘆した。四の姫の知識は、医生のほとんどが知らぬほど深く正確だったのだ。

いつか、四の姫についている物の怪は、かつて都を騒がせた眼の物の怪であると噂されるようになった。四の姫と同じように攫われた姫君はみな遺体で見つかり無残にも眼を抉り取られていたというのに、ただ一人無傷で生きて戻った四の姫のことを、みなは気味悪いと思うのだった。

左大臣家の者も同じだった。四の姫の母親などは戻って来た者は自分の産んだ娘ではないと言い放ち、言葉をかけることも抱き上げることもなかった。父親である左大臣は、まだいくばくかの情を持っていたが、四の姫を厄介者だと思うことにかわりはなかった。髪を下ろさせたいと願っているのに、引き受けてくれる寺がないのだった。

四の姫はもちろん両親をはじめ館の者たちが自分を疎《うと》んでいることは知っていた。それでも彼女は悲しんではいなかった。身近に仕える女房は二人だけだが、どちらも姫を大切にしてくれたし、近所の子どもたちが遊びに来てくれるのだった。

四の姫は子どもたちに請《こ》われるままに、物語をし、絵や書を教えてやった。共に菓子を食べたり、貝あわせをすることもあった。それから、四の姫は子どもたちと一緒になって奇妙な玩具を作り始めた。布や竹、あるいは和紙を張り合わせて……素材や作り方は様々だったが形はみな同じだった。

女房たちは、尻尾のついたおかしな球だとしか思わなかったけれど、子どもたちにはわかっていた。町を歩けば、行き倒れた遺体を見ることは珍しくはなかった。

「人の眼じゃ」

四の姫は、小さく笑った。

「他の者には内緒よ？」

子どもたちはうなずいた。みんな、自分たちと遊んでくれる優しくて綺麗な姫君が大好きだったのだ。

「でも、どうして人の眼を作るの？」

「こーんなに沢山」

四の姫は桜色の唇に人差し指をあてて見せた。

「今はまだ内緒よ。この眼が必要になる日が、遠からず来るの」


さて、こんな四の姫には許婚《いいなずけ》がいた。先の帝の第七皇子、桜の宮と呼ばれるその人だった。四の姫が生まれた時に定められた許婚であったけれど、物の怪の事件があって話は有耶無耶《うやむや》になっていた。

左大臣はとうに終わった話と諦めていたが、桜の宮はそうではなかった。

数多の恋人を持ち、二人の妻も持っていたが、桜の宮の心は満たされなかった。欠けた心を満たしてくれる女人を、宮は求め続けていた。幼い日、ただ一度会ったことがある美しい姫君が、彼の心を捕らえていたのだ。

左大臣が催した花見の宴《うたげ》で、宮は桜の木の下に立つ姫君に一目で恋をした。姫君もまた。まだ幼い二人だったけれど、手を取り合って結婚しようと誓い合ったのだ。

四の姫が物の怪に攫われて、無事に戻ったものの物の怪につかれたままだと聞いても、宮の心に浮かぶものは、満開の桜の下で出会った美しい姫君の姿だった。思い出は日々に美しさを増し、宮は四の姫を「桜の君」と名づけ秘かに想いをあたためていた。

四の姫が十一歳になった時、桜の宮は文を送った。幼い子どもの戯《たわむ》れではなく恋を問う歌を添えて。返事は来なかった。女房の手による代筆さえも。

四の姫は童たちを集めて、気味の悪い細工物を作っている。ますます病が重くなったのだと、都中で囁かれる中で、宮は諦めずに文を送り続けた。一年が過ぎ、二年が過ぎた時、はじめて四の姫から長い手紙が届いた。

桜の宮は女房の手引きで、四の姫のもとに忍んで行った。御簾《みす》の向こうで四の姫は言った。

「これ以上、あなたを裏切ることはできません」

そして四の姫は驚くべきことを口にしたのだ。

「私は、あなたが愛した桜の姫君ではありません。桜の姫は七歳の時、物の怪に喰われ命を落としました」

戻って来た姫は別人だと言った母の言葉は正しかったのだ。

「成りすましたと？」

「私がそのことに気づいたのは、事件から数年が過ぎてからでした」

そこで四の姫はわずかに口ごもった。

「私が時を渡って来たと申したら、宮様はどう思われますか？」

「時を渡る？」

「はるか未来で、私は命を落としました。私は眼病と闘う医師でした。志半ばで命を落とし、救い得なかった者への未練や悔いが、私の魂に時を遡《さかのぼ》らせたのです」

いつか、四の姫の口ぶりは、宮よりはるかに年上の女人のものとなっていた。

「あなたの桜の姫は物の怪に襲われ命を落とした。その身に私の魂が入り込んでしまったのです」

「そのような、作り物語を……」

「私に課せられたことは、再び動き出そうとする眼の物の怪を封じること。どうか、力をお貸しください」

さらりと衣擦《きぬず》れの音がして、御簾の向こうで四の姫が平伏したことを宮は知った。姫君の話はとても信じられるものではなかったが、宮は聞いた。

「私に何をしろと？」

「次の満月の夜、私をこの屋敷から連れ出して欲しいのです。そして六年前に、眼の物の怪が封じられた塚に連れて行ってくださいませ。それだけで、他には何も望みません」

桜の宮は言葉を濁したまま、四の姫の部屋を後にした。


ゆっくりと月が満ちてゆくそれからの日々を、桜の宮は屋敷に引き籠《こ》もった。四の姫の話を誰に相談することもできぬまま、迷い、悩み続けた。

それでも結局、約束の宵、桜の宮は自分が幼い頃に身につけていた衣一式を手に、左大臣の館に忍び込んだ。全てを心得ている様子の女房が四の姫のもとに案内した。

ほどなく、桜の宮は男の装束に身を包んだ四の姫を連れて秘かに館を抜け出した。目立たぬ牛車《ぎっしゃ》に二人で乗り込むと、桜の宮は四の姫が抱えている包みに目をやった。

「それは？」

四の姫は包みをほどき、中を見せてくれた。竹で編まれた籠にぎっしり並んでいる物は。

「……人の眼？」

「作り物です。近所の童に手伝ってもらい百八の眼を作ったのです」

「これを、どうしようと言うのです？」

「宮様がお知りになる必要はありません」

四の姫は静かに微笑んだ。

「私を塚までお連れ下さいましたら、宮様はお帰りください。今宵の出来事は夢と思い、お忘れになるように」

「そんなことができよう筈がない」

「左大臣家の四の姫は、今宵を最後にこの世界から消えるでしょう。物の怪を封じることが叶わねば喰われて命を落とし、封じたならば定めを全うしこの魂は時の果てに戻るでしょうから」

桜の宮は言葉もなく、四の姫を見つめた。


磨かれた鏡のように、月は闇を照らした。牛車は小さな社の前で止まった。都の外れ、陽が落ちてからは近づく者もない寂れた場所だ。

「今宵の月は一際明るい」

桜の宮は牛車を降りる四の姫に手を貸した。

「一年で一番、大きな月が見られる宵です」

天文寮の博士たちが舌を巻くほど四の姫の知識は豊富だった。それもまた、時の果てで得た知恵だと姫は言うのだろうか。

ひんやりとした華奢《きゃしゃ》な手を離したくない想いを抑えて、桜の宮は重さはさほどではないが嵩張《かさば》る籠を受け取った。

牛は怯えたように後ずさりし、従者も腰を抜かしたようにその場から動こうとしない。桜の宮は四の姫と二人だけで、社を奥へと進んだ。二人は明かりを持たなかったが、月の光が道を示した。

やがて四の姫が足を止めたのは小さな塚の前だった。

「ここに、眼の物の怪が眠っています」

六年前、僧たちが封じ込めたのだ。だが長らく誰にも顧みられることがなかった様子で、塚には草が生い茂り辺りは荒れ果てていた。

ビリビリと重苦しい波動が伝わってくる。

「封印にほころびが生まれているのです。このままでは遠からず、眼の物の怪は目覚め、再び都に厄災をもたらすでしょう」

四の姫は籠から一つの眼目を取り出した。白い手が土を掘り、そこに眼目を埋める。桜の宮はすぐに四の姫に手を貸した。

「物の怪が求める眼は百八であると聞きました。細工物ではあるけれど、私の命を添えれば、満たされて眠りにつくでしょう」

「そなたが生贄《いけにえ》になると言うのか？」

桜の宮は土を掘る手を止めた。月が雲に隠れ、あたりは闇に包まれた。互いの顔も見えぬほどの闇の中で、四の姫は静かに笑った。

「その為に、私は時を越えてきたのです」

「そのようなことは……」

「あなたの姫君は、都を守るために命を落としました。一人の力では物の怪を封じることは叶わぬと悟った姫は、はるか時の果てから私を呼び寄せた。百八の眼を作り出すために」

「では、そなたがそなたの時代で命を落としたのは、桜の君のせいではないか」

「彼女が私を選んだのではなく、全ては定めだったのでしょう。時は満ち、願いが叶ったならば、桜の姫も私も再び、いずこの時に生を受けることもありましょう」

四の姫は手を休めることなく、細工物の眼目を埋め続けた。雲が流れて、月の姿を隠し、また露にする。その度に闇は深くなり、夜の底に光が届いた。


地面は硬く、凍るように冷たかった。都一の風流人と言われ、手を汚すことなど全て周りの者がやってくれた。桜の宮の白い手は今や傷だらけだった。爪が割れ血が流れる。

それでも手を止めることはできなかった。桜の宮よりはるかに小さな白い手が休むことなく、眼目を埋めていくから。四の姫はその一つ一つを押し戴き、静かに土に埋め、優しく囁いた。

「お眠り、今しばらく」

都中が忌《い》み恐れる物の怪を、四の姫は眠りへと導いていく。そなたは孤独ではないのだと、幼子に諭すように。

それは清らかな姿だった。桜の宮には、触れることも、引き戻すことも許されない。

百八の、最後の眼目を地に埋めて、四の姫は立ち上がった。にわかに吹きぬけた強い風に、桜の宮は袖で顔を覆った。

風が去り袖をおろした宮は、月下に舞い落ちる桜の花を見た。サラサラと天から降りそそぐ薄紅の花びらは四の姫の姿を霞《かすみ》の果てに連れ去ろうとしていた。

「桜の君！」

いつか豊かな黒髪をなびかせるその背に、宮は叫んだ。

「時の果てで、私たちは必ず巡り会う」

何度でも巡り会い、今度こそ必ず幸福になるのだ。

四の姫は振り向いて、微かにうなずいた。それが、桜の宮に残された、その宵の記憶の全てだった。

＊＊＊＊＊＊

語り終えた柚香は、象嵌の桜に指を滑らせた。

「四の姫を失った桜の宮は、この硯箱を作らせました。彼は後に政敵に陥れられて都を追われ、貧しさと孤独のうちに亡くなったけれど、最後までこの硯箱だけは手離しませんでした。死後もわずかな縁者が守り抜いて、こうして現代まで伝わったのです」

「運命の女性というわけだ。彼らは時を越えて再び巡り会ったのだろうか」

「硯は幾度も少将の昔語りを聞いたんです。物語はいつも、四の姫が消えてしまった場面で終わります。誰も彼女がどこに行ったか知りません」

「未来に。そう、この時代に戻ったのでは？　命を落としたと言ったけれど、運命は変えられたかもしれない。桜の宮もこの時代に生まれ、新たな物語となる」

店主の言葉に、柚香は首を振った。

「桜の宮は、夢を見たのだと思います」

「彼の作り話だと？」

「許婚は物の怪に攫われた時、戻ってこなかったのかもしれない。もしかしてうんと小さな時に亡くなってしまったのかも。全部、宮が見た夢で、でも硯箱にとっては真実で……そういうことがあっても良いと思いませんか？」

「確かにありえない話ではない。桜の宮どころか、硯箱を作った職人、象嵌職人が紡いだ物語かもしれないしな。だが私としては、時を渡る姫君は実在したと思いたいね」

店主は優しく硯箱を取り上げた。柔らかな布で全体を拭い、ガラスの扉がついたキャビネットに収める。

「私はタイムスリップとか、信じられない」

柚香のつぶやきに、店主は笑った。

「おやおや、君がそれを言うかね。この店の扉を開けた君が」

「運命の恋人とか、変わらない想いなんて、そんなこと……」

「私は信じているが」

ふいに店主の声が強く響き、柚香は驚いて目を見張った。彼がそんな風に強い口調で何かを言うことはこれまでなかった。感情を表さず、いつでもどこかしらものうげで、柚香のことだって、本気で相手にしているようではなかったのに。そして何よりも、言葉の内容に驚いた。

彼はドライで、斜に構えた人だと思っていた。運命の女性などという言葉が店主の口から出るなんて思いも寄らなかった。

「願い続ければ、想いは伝わる。どこまでも共に生きてゆける」

祈るようにそっと、眼球堂の店主は告げた。とても反論したり笑ったりすることができる表情ではなかった。柚香は言葉を飲み込んだ。

彼もまた、そんな相手を持っているのだ。

「そろそろ、帰った方が良いな」

店主の言葉に柚香は腕時計に目をやった。午後十時まで後少しだ。デパートの閉店時間をとうに過ぎていた。出入口にはシャッターが下りているだろうし、セキュリティも作動している筈だ。

「どうしよう……」

「何、デパートが閉店しているなら、かえって簡単だ。そこの扉と君の家の玄関を繋げてやろう」

店主は何でもないことのように言った。

「え、直結するんですか？」

頭も冷えたし、家に帰らねばならないことはわかる。でも、心の準備をする時間が欲しい。

四の姫の母は、物の怪に攫われた姫が戻って来た時に、我が子ではないと言い放った。情のない言葉と思えたが、彼女は正しかったのだ。姫は時の果てで消えてしまった。

母もまた、同じような眼差しを柚香に向けた。彼女にとって娘は、夢に溺れ現実の世界を生きていない男、別れた夫を思い出させる存在なのだった。

柚香の戸惑いを察したように、店主は手を伸ばしてその背を叩いた。

「帰る場所があるのは幸せなことだ。かりそめの家族であっても、左大臣の屋敷で暮らす日々、四の姫は不幸ではなかっただろうよ」


玄関の鍵をかけて、柚香は深呼吸をした。リビングに向かうと音を消したテレビがバラエティ番組を流していた。それを見るでもなく、ぼんやりと寛子が座っている。

小さな声で言うと、寛子がはっと顔をあげた。

「ただいま」

「柚香！」

ソファから立ち上がって、寛子は真っ直ぐに柚香の側に来た。叱責されるか、叩かれるか、柚香は身構えた。けれど、母はただ柚香を抱きしめた。どうしてよいかわからず身を硬くしていると、肩のあたりで嗚咽《おえつ》が響いた。

「ひどいことを言ったわ、ごめんなさい。あなたが、あの人と連絡を取っていないことくらい、落ち着いて考えたらわかるはずなのに」

母が口にした謝罪は、感情にかられて柚香を疑ったことについてだ。柚香と父親の気性を重ねていることに対してではない。柚香を十分すぎるほど愛してくれていながらなお、心のどこかで異質な存在と、隔てをおいているのだ。

それでも柚香はおずおずと手を伸ばして、寛子を抱きしめかえした。いつの間にか、二人の背丈はほとんど変わらなくなっていて、母の方がむしろほっそりとしているようだった。

「……ごめんなさい、心配かけて」

この先も、寛子が柚香の物語を認める日は、きっと来ない。こんなに近くにいるのに、二人は決して同じ船に乗ることはないのだ。

淋しさはあるけれど、そのことを認めたら柚香はむしろ気持ちが楽になった。寛子は良き理解者になってはくれないが、家族であることに変わりはない。それだけで良いのだ、今はきっと。

四章　妖精の瞳

「菊池、二年生が来てるぞ」

廊下側の席から声をかけられて、ちょうど帰ろうとしていた柚香は鞄を手にしたまま席を立った。廊下で柚香を待っているのは、文芸部の副部長だった。部長である柚香が休んでいる間は副部長である彼女が部をまとめている。

「伊東《いとう》さん、何かあった？」

「ラインを送ったんですけど……」

「ごめんね。ちょっと見てなかった」

上級生が行きかう廊下で居心地悪そうにしている伊東を促して、柚香は階段に向かった。

「部誌の進捗状況なら橋田先生がチェックしてくださることになっているけど」

部員は六人しかいないし、それほど熱心に活動しているわけではないとしても、自分の我侭で下級生に負担をかけていると思うと気が咎めた。

「原稿のことではなくて、表紙なんです」

「あれは美術部にお任せで良いのよ」

文芸部で出している部誌には二種類あった。一つは三ヶ月に一度、校内の複合機で印刷しホチキスで製本する物で、三十部作ったうち、部員や交流のある他校の文芸部に送る分を除いた十数部が、図書室と購買部の片隅に置かれている。無料だが、表紙は文字だけの地味な作りということもあって、手に取る者はほとんどいなかった。新しい号を発行する度に、前号を回収してホチキスを外しメモ用紙として裁断するのは、なかなか淋しい作業だ。

もう一つは文化祭で発行する物で、こちらは卒業生が経営する印刷所に印刷を頼んでいる。ページ数も百ページあり、平綴じで頒布価格は三百円だ。表紙を美術部が担当するのは創部以来の伝統だった。

表紙画は内容に合わせたものではなく美術部にお任せで、入稿や校正も本文とは別に印刷所と美術部が直接やり取りをすることになっているのだ。たいていは入稿前に文芸部にも見せてくれるものだが、完成した部誌を見て初めて表紙を知ることになった年も過去にはあったらしい。

「それが、印刷所から連絡があって、今年は表紙を二種類作るのかって聞かれたんです」

「どういうこと？」

「画像データが二種類届いたそうなんです。今年は文芸部も創部四十周年だから、記念号で特別なのかって、こちらに問合せが来て……とりあえず、印刷所の方には橋田先生がお願いして作業を止めていただいているんです」

伊東は鞄からクリアファイルを取り出した。

「これが印刷所に届いた画像です」

印刷されたイラストは二枚あった。一枚はモノクロで一枚はカラーだ。どちらもタイトルや号数といったレイアウトまでなされている。

「これ、カラーの方が間違いだと思う。そんな予算ないし」

「そうですよね。絵はこっちの方が凄いと思うんですけど」

「この絵をモノクロにするつもりだったのかな。それも素敵だと思うけど」

「同じクラスに美術部の子がいるんですけど、なんだか、部がゴタゴタしているみたいで、分裂というか」

「分裂？　あそこ、そんなに大所帯だった？　うちとそんなに変わらなかったと思うけど」

「名前だけの子も入れて、九人だって言ってました。でもつい最近、新入部員が入って、その子が絵は滅茶苦茶上手いけど、コミュニケーションがちょっとで……」

「イジメ？」

「いえ。部長が彼の肩を持ったので、そういうことにはならなかったんです。ただ元からいた部員が一歩引いたのに、彼はますます態度が悪くなって、今では部長と新入部員に、それ以外の八名が対立形になってしまっているそうなんです。だから、これも、単純な間違いじゃなくて、それぞれのメンバーが勝手に印刷所に頼んだ可能性があって」

これは面倒なことになりそうだ。ただでさえ美術部のメンバーは癖が強いのだ。二年生の伊東の手には余る。

「わかった。美術部に確認してみる」

柚香は二枚の絵をクリアファイルに戻した。

「すみません、お願いします」

伊東は、ほっとしたように息を吐いた。

「何かわかったら文芸部のラインに報告入れる。どちらを使うことになっても、データが印刷所に届いているんだから間にあわないってことはないだろうし」

「そう、ですよね……」

伊東は何か言いたそうに柚香を見た。本当に問題なのは表紙ではなく、中身の方だ。痛いほどにわかっていたが、柚香はそこには触れなかった。

「じゃあ、美術部に行ってみるから」

柚香はそのまま美術部のある別棟に足を向けた。音楽室や美術室といった特別教室が集められた棟には、文科系の部活の部室も並んでいるが、人数が少ない文芸部は活動に図書準備室を借りているから、部員に鉢合わせる心配はない。

美術室の入口は開け放たれていた。

「失礼します」

声をかけて覗きこむと、部屋には誰もいなかった。一つだけキャンバスが立てられて画材も広げられているが、描き手の姿はない。美術部の活動日は知らないが、部活がない日なら放課後は施錠されている筈だ。

少し迷ったが、柚香は美術室に足を踏み入れた。扉を開けっぱなしなのだから、キャンバスの主が戻って来る筈だ。カーテンが開けられた美術室には午後の光が差し込んでいるが、どこか薄暗く感じられた。

柚香はキャンバスのすぐ近くに行って、そこに描かれた絵に目をやった。

「……凄い」

とても同じ中学生が描いた物とは思えなかった。まず、キャンバスの大きさに圧倒される。人の背丈ほどの大きさだ。技巧よりも何よりも、このキャンバスを埋めるだけのエネルギーにたじろぎそうになる。

生徒ではなく、大人が描いたのだと、柚香は思った。

顧問の美術教師はあまりやる気がなさそうな初老の男性で、文化祭で参考作品として展示されていた絵画にも特に惹きつけられるものはなかったけれど、彼でない他の、例えば外部指導員のような人がいるのかもしれない。

つい先ほど手を入れたと言うように、キャンバスの表面からは強い油絵の具の匂いがした。柚香は油絵を描いたことはなく、画法に詳しいわけではないが、順に色を重ねていく途中らしく、まだ細かな部分は描かれていなかった。

全体像がぼんやりとつかめる程度だが、緑の蔦とたわわに実った果実。

「この絵……」

どこかで見たことがある。こんなに印象的な大きな絵だ。見たら覚えていると思うのに、はっきりしない。いったい、どこで？


「その絵を、ご存知ですか？」

ふいに背後から声をかけられて、柚香は飛び上がった。

「ごめんなさい、驚かせてしまいましたね」

いつの間にか、キャンバスのすぐ側に一人の少年が立っていた。制服のポケットには一年生であることを示すクラスバッジがついている。

「僕は美術部の西条《さいじょう》です。僕の絵、どうですか？」

「これ、あなたが描いたの？」

まだ線が細くて、柚香よりもずっと幼い顔だちの少年だ。とても、この大作の描き手には見えなかった。

「はい」

「でも……この絵を知っているかって聞いたよね？」

「これは模写なんです。好きな画家の絵を勉強の為、模写しています」

西条と名乗った少年はキャンバスの側のテーブルから大判の画集を取りあげた。

「現物は失われてしまっていて、幻の作品と言われています」

西条は画集のページを開いて渡してくれた。ずいぶん読み込まれた古い画集だ。カバーは失われ、ページも黄ばんでいる。

「残されたのは、この写真だけです」

写真は鮮明とは言いがたかった。素人の柚香では、画材すらわからない。油絵と言われればそう見えるが、刺繍や織物だと言われればそのようにも見える。それでも作品の美しさは伝わってきたし、描きかけのキャンバスよりは細かな部分まで見てとれた。描かれているのは葡萄の房だ。

柚香は画集の表紙を確かめた。エンボス加工された文字も少し掠れていて読みにくかったが、何とか読み取ることができた。

「エディス・グレイ？」

「名前は聞いたことがなくても、絵は見たことがあると思いますよ」

改めてページをめくると、確かにどこかで目にしたことのある絵が目に留まった。水彩やパステルが多いが、色鮮やかと言うよりも、どこか古めかしい不思議な味わいがある。そう感じるのは絵の題材のせいでもあった。

ユニコーンや、羽を持った妖精、人魚……銅版で刷られたお伽噺《とぎばなし》の挿絵のようでありながら、奇妙なほどの現実感があった。これは、荒唐無稽な夢ではない。骨董屋・眼球堂がそうであるように、世界の大半の人間には見えずとも実在するものたちを、その人は描いたのだ。

「エディスは『妖精の目』を持つと言われていたんですよ」

「妖精の目？」

柚香は思わず画集をめくる手を止めた。少年が微笑む。

「ええ、幻想的な作品を得意としたので、彼女は他の人が見えないものを見る不思議な目を持っているのではないかと。でも、それだけではなくて、彼女は存在自体も謎めいていたんです。本名も年齢も非公開のまま彗星《すいせい》のようにデビューして、百とも二百とも言われる作品を残し、わずか数年で姿を消しました」

西条は描きかけのキャンバスに触れた。一見、写実的な葡萄の絵だが、それだけではないと少年は語った。

「この絵には謎が隠されていると、エディスのパートナーであり、彼女の絵を扱う画商でもあった男が友人に言い残しました。絵そのものは失われ、エディスも彼も表舞台から姿を消してしまったから、答は誰にもわかりません」

その時、柚香は絵をどこで見たか思い出した。眼球堂に飾られたタペストリーが、これと同じ図案だった。あのタペストリーをじっくり眺めたのは、そこに隠された眼球を探し出そうとした時だったたから、表に描かれていたものはかえって見えていなかったのだ。

「本物の絵の大きさは、どれくらいなの？」

「それも記録にないんです。ただエディスは、この絵を気に入って常に身近に置いていたと言うから、それほど大きな物ではなかったでしょうね。でも、僕は思い切って大きな作品にしてみました。その方がエディスの世界には相応しい気がして」

西条は、ひっそりと微笑んだ。

「僕は、この絵に隠された謎に興味があります。妖精の目を持つと言われたエディスは、この絵に世界を越える道を描きこんだのじゃないかと思うんです。本物を見ることが夢だけど、それが叶わないなら、僕の手で再現してみたい」

熱を帯びた口調で語る少年から、柚香はわずかに距離を取った。中学一年生の男子生徒が真顔で語るような内容とは思えなかった。ロマンチックという言葉では片付けられない。彼は本気で、そんなことを信じている様子なのだ。

夢みがちな少年を微笑ましいと思うことはできなかった。彼は柚香に似た気質の持ち主かもしれない。だが柚香は、自分が見たものを誰かれかまわず話したりはしない。それは自分自身だけでなく、相手を傷つけることもあるからだ。

この少年は、語る相手を選んでいるのだろうか？

相手が柚香だから、こんな話をしているのだとすれば、それだけの理由がある筈だ。

「どこで、見たんですか？」

「え……」

本来ならそこに存在しない扉を開けて眼球堂に足を踏み入れたことを、見抜かれているのではないか？

西条の問いかけに、柚香は一瞬、取り繕うことができなかった。

「あなた、この絵を知っているんでしょう?」

歌うような囁きにうなずきそうになって、柚香は慌てて首を振った。少年の手が、すっと柚香の鞄に伸ばされた。

「やめて!」

柚香は咄嗟に少年の手を振り払った。鞄の中に瑠璃色のランプと、預かったままの眼鏡がある。眼球堂の扉を映し出す眼鏡だ。

あれを、この少年に渡してはならない。

「ふーん、そこに何を隠しているんです?」

過剰な反応は、怪しめと言っているようなものだ。少年は唇を歪め、ジリと柚香に近づいてきた。美術室の奥へと追い詰められてしまう。西条の手が鞄を掴み、渡すまいとした柚香ともみ合いになった。

その時、入口から声がかけられた。

「おっ、今日も一人か?」

その一声で呪縛が解けた。西条の手から力が抜け、柚香は鞄を取り戻した。

入って来たのは、美術部の部長である手塚《てづか》だ。クラスは違うが、互いに文科系の部長ということもあって、言葉を交わす機会は比較的多い男子生徒だった。

「部長、今日は塾だって言っていませんでしたか？」

少年は一瞬、邪魔者に対して獰猛《どうもう》な視線を向けたが、相手に気づかれる前に人懐こい笑顔の仮面をつける。その全てを、柚香は見ていた。

「他の連中が全員サボりだと、一年のお前が施錠責任者になるだろう。それは不味《まず》いって顧問に言われたんだよ」

そこで、手塚は部外者である柚香の存在に気づいた。

「あれ？　菊池、何してるんだ？」

「ええと……あ、そうだ、部誌の表紙のこと！」

柚香は、ようやく本来の目的を思い出した。鞄を開けてクリアファイルを取り出すと手塚に差し出す。

「印刷所に二種類の画像が届いたって言われたの。どうなっているのか、聞きたいんだけど」

「ああ……」

ファイルを受け取った手塚は二枚の絵を見比べて、気まずそうに頭をかいた。

「悪いな。うちの手違いだ。ちょっと部内で行き違いがあって……」

言葉を濁す手塚から、どんなトラブルがあったのか聞き出そうとは思わなかったが、柚香は一つだけ確認した。

「どっちの絵が表紙になるの？」

「うーん」

手塚は唸った。

「どっちが良いと思う？」

「それを決めるのは、私たちじゃないから」

「じゃあ、質問を変える。菊池はどっちの絵が好きだ？」

柚香は迷うことなく一方を指した。西条の顔が、輝く。つまりこれは、彼が描いた作品なのだ。ずいぶんと素直な表情をする。ほんの少し前とは、まるで別人だ。たいそうな猫のかぶり方だ。

「そうだろう。俺も、そう思うんだ」

部長である手塚も大きくうなずいた。

「でも、そうは思わない部員がいるわけね？」

「表紙は部内のコンペで決めるんだ。西条の作品が圧倒的だった。それは、認めないわけにはいかない。だけど、入部したての一年生が表紙を描くのが、おもしろくない奴がたくさんいるんだな。こいつがまた、くそ生意気で可愛げのない一年生だから」

手塚に小突かれた西条が苦笑する。柚香はため息をついた。

「絵の選択は美術部に任せているから。決まったら、顧問の橋田先生に知らせてください。まだ時間はあるけれど」

「ああ、悪いな」

「それと、印刷は墨一色だから、それも考えて決めて」

「えー、多色刷りにしましょうよ」

西条が不満そうな声をあげるが、柚香は取り合わず背を向けた。眼球堂に行って、あのタペストリーをしっかり見たいと、心が急いていた。

「おやおや、今日はまた何だい？」

店の扉を開けた柚香は、店主も驚くような勢いで真っ直ぐタペストリーに向かった。

「ちょっと、気になって……」

心ここにあらずの返事をする彼女に呆《あき》れたのか、店主は商品の整理をしてくると言いおいて奥へと引っ込んでしまった。

柚香は葡萄のタペストリーを隅から隅までじっくりと眺めた。初めてこの店を訪れた時に、店主がテストだと言って柚香を誘ったタペストリーだ。

あの時、緑色のレンズの入った眼鏡をかけると、この絵の中に眼球が浮かび上がって見えた。柚香は店主よりも早く確実に眼球をタペストリーから探し出し、そのことで特別な目を持つ者と認められたのだ。

けれど、このタペストリーは売り物ではない。手を伸ばして艶やかな布地に触れてみても、柚香の心を物語が震わせることはなかった。

柚香は吐息をついて、紫檀のテーブルに向かった。物語の見つかった品物が数点消えたことで、テーブルは少し広く見えた。ひんやりとした紫檀の表面を意味もなくなぞっていると、腕に大きな箱を抱えた店主が戻って来た。

「ちょっと、そのテーブルを空けてくれるかね？　少し商品の入れ替えをしようと思うんだ」

柚香は言われた通り、紫檀のテーブルの品々を別のテーブルに移した。空いた場所に、店主が抱えていた箱を下ろす。

「しばらく倉庫に眠っていた物だが、せっかく君がいるのだからと思ってね」

店主は箱から取り出した物を一つ一つ確認しながらテーブルに並べていった。

言われるままに、品物をあちらに動かしたり、こちらに戻したりしていた柚香は、最後に取り出された物に目を留めた。今、何かが心に引っかかった。

「それ、画帳ですか？」

「ああ、これは素描と言うか下絵だな。本来、美術館に収められても良い物なんだが、来歴が少しばかりはっきりしなくてね」

「ちょっと見せて下さい」

柚香は画帳を取りあげた。画帳と言っても厚手の紙が麻紐で綴じられているだけの物だ。でも触れた瞬間、柚香にはわかった。ここに探していた物語がある。

「エディス・グレイ」

柚香のつぶやきに、店主が顔をあげた。柚香は画帳を捲《めく》っていった。柔らかな鉛筆で、それから繊細なペンで、描き込まれているモチーフは葡萄と眼球だ。バラバラだったそれらは、ページを捲るごとに形をなしていった。

「あのタペストリーの下絵ですね」

エディスの画集に収められていた写真は、タペストリーを写した物だったのだ。

「そのようだな」

店主はうなずいた。

「私には、あの夕ペストリーが眼球を隠しこんだ騙し絵にしか見えないが、物語はその画帳にこそ秘められていたというわけか」

柚香は、古い画帳を抱きしめながら静かにうなずいた。

＊＊＊＊＊＊

「エディスはどうしてコンタクトにしないの？」

お祝いのハグをした後でジェーンが首を傾げた。エディスは曖昧に笑った。それなりにドレスアップした二十代の女性が、今どき珍しいくらい厚いレンズの野暮ったい眼鏡をかけていれば無理もない質問だ。まして、今夜のエディスは、華やかなパーティーの主役の一人なのだから。

一年で最も活躍した若手アーティストに与えられる賞の絵画部門で、エディスは受賞したのだ。公の場に出ることはできる限り避けているが今夜ばかりは逃げられなかった。

「試したことはあるけれど、合わないみたいなの」

問いかけは慣れたものだったから、エディスは最も当たり障りない答を返した。

「あら残念ね。素敵な瞳なのに」

ジェーンが離れて行くと、エディスはほっと息をはいた。受賞者のスピーチも、挨拶回りも済んで、最低限の義理は果たしたところだ。そろそろ会場を抜け出そうとタイミングをはかりながら、エディスは目立たないように移動した。賞は幾つもの部門があるから、エディス一人が抜けても問題ない。

別の輪で歓談していたコルネリスが、さりげなく席を外してエディスの方にやって来た。彼はエディスの絵を扱う画商であり、恋人だった。元は眼鏡職人だったという変わった経歴の持ち主だ。二十三歳のエディスの倍ほどの年齢だが、ほとんど変わらない年頃に見える。こうしてパーティー会場に立っていると、彼こそ主役ではないかと思わせる華やかな男だ。

だがエディスは、彼が必要とあれば誰の目も引かぬほど存在感を消すことができると知っている。今も、誰にも声をかけられることなく人混みをすり抜けて、彼はエディスの側にやって来た。

「疲れたかい？」

エディスは素直にうなずいた。

「足も頭も痛い」

普段ははかないヒールを脱ぎ捨てて、眼鏡も外したい。それに、人がたくさんいる所は嫌いだ。

「少し外の空気を吸おう」

途中でソフトドリンクのグラスを手にした二人は、夜風が心地良いバルコニーに出た。パーティー会場は、賞を後援している伯爵の別邸だというカントリーハウスだった。目前には湖水地方が広がっている。月明かりに照らされる光景を見つめていると、コルネリスが静かに聞いた。

「懐かしい？」

「そうね。二十年ぶりかしら」


エディスにとって渡英は二度目だった。一度目は生後半年のこと。エディス一家は植物学者である父の仕事の関係で、ピーターラビットの故郷と言われる、湖水地方の小さな村で暮らすことになったのだ。

ニューヨーク育ちのエディスの母は田舎暮らしを嘆いたが、すぐに自然豊かな村での生活を愛するようになった。父もまた書物を相手にするよりも野山を駆け回ることを愛するたちだったから、二人はその地に腰を落ち着けるつもりだったのだ。

だがエディスが三歳の夏に、全ては変わってしまった。彼女が妖精に攫われたあの日に。

庭先で日向《ひなた》ぼっこをしていたエディスは、母が目を離した数分の間に忽然と姿を消したのだった。大規模な捜索にもかかわらず手がかりは何もなく、誰もが諦めはじめた二週間後、エディスはひょっこり帰って来た。消え去った時と同じように庭に座り込んで、にこにこ笑っていたのだ。

目に見える怪我もなく、怖い思いをしたり、お腹をすかせた様子もなかった。すぐに病院に搬送され精密検査を受けたが、エディスは元気一杯だった。

三歳の子どもが一人で二週間も過ごせた筈がない。営利目的ではなくエディス自身が目的の誘拐が疑われたが、二週間を誰とどこで過ごしたか彼女は何も覚えていなかった。もとより三歳の子どもから何らかの証言を引き出すことを誰も本気で期待したわけではない。

両親は娘を無事に取り戻したことだけで、それ以上は望まなかった。むしろ無骨な警官やらジャーナリストやらが娘を煩《わずら》わせることには徹底的に抗議の構えだった。

それで、事件は有耶無耶になったのだ。

「あなたが、変わりなく戻って来てくれたから、もういいのよ」

母は毎夜のように神様に感謝を捧げた。

けれど戻って来た時、エディスの目は取り替えられていたのだ。この世ならぬものを映し出す、妖精の瞳と。

外観が変わったわけではない。エディスの瞳は、青に近いほど明るい灰色で、母譲りの瞳の色はそのままだった。だからエディスの目が変わったことに気づいたのは、二人だけだった。母親と、隣家に暮らす老婆だ。

三歳のエディスにとって、あの日の前と後で見える世界が違ったとしても、瞳に映るものは全て真実だった。木漏れ日に翻る白いドレス、月明かりの元で踊るウサギたち、花々の陰で眠る小さな人々。

見えるものを、エディスは素直に語った。

「エディスは想像力が豊かだなあ」

父親はそう言って笑ったが、母親に笑顔はなかった。

村の生き字引と呼ばれるほど物知りの隣家の老婆は言った。エディスは妖精に攫われたのだと。妖精は時折、人間の子を攫って代わりに自分の子を置いていくことがある。それはエディスが姿を消していた二週間の間、村のあちこちで交わされた言葉だ。あの小さな村では、それは全くありえることとして語られていたのだ。

老婆は言った。

どうした気まぐれか、妖精は取り替え子を置いていくことなく、エディス自身を返してよこしたが、瞳だけを取り替えて行ったのだ。

「妖精の目を持つことは祝福じゃ」

妖精と目を取り替えられた伝説は世界じゅうに残っている。その瞳の力を借りて主に芸術の分野で成功を収めると言う。

「だが、呪いでもある」

老婆は続けた。いつか気まぐれな妖精が瞳を取り戻しに来た時、命までも取っていくのだと。両親がエディスを連れて、逃げるようにイギリスを去ったのも無理はないだろう。


イギリスを離れれば、という母の望みは空しく、ニューヨークの喧騒の中でもエディスは瞳の力を失わなかった。母親は次第にエディスを遠ざけるようになったが、幼い心は意外と傷つかなかった。子どもながらにも、母が嫌っているのはエディス自身ではなく、その目であるとわかっていたのかもしれない。

見えてしまうこと、それ自体はエディスをさほど苦しめなかった。三、四歳の子どもというものは大抵、大人たちには理解できないことをしゃべるものだから、エディスが本来そこにない物を見てあれこれ言っても、ほとんどの者は微笑むばかりだった。

小学校にあがる頃には、エディスは自分が見ている世界と、他の人が見ている世界が違うということを悟っていたから、大人しく口をつぐむことを覚えた。

見えるものが美しければそれを楽しみ、醜く恐ろしいものであれば目をそらした。

そんな風にそこそこ上手く妖精の目と付き合いながら、母親との関係はやはりギクシャクしていたが、エディスが視力の低下から眼鏡をかけるようになったことをきっかけに、事態が好転した。

ガラスを通すと、エディスの妖精の目はほとんど不思議な力を発揮しなかったのだ。さらに眼鏡越しに見ると、鋭敏な母親から見てもエディスの目は全く普通で、時に妖しい揺らめきで母親を怯えさせることもなくなった。


七歳の時からかけ始めた眼鏡も、もういくつ作り変えただろう。二十三歳になったエディスは、妖精の目のおかげで幸福な人生を送っている。

在学中に公募に入賞し、画家としてデビューしたエディスが得意とするものは幻想の世界だった。神話や伝説にとどまらぬ豊かなイマジネーションが評価されている。簡単なことだ。眼鏡を外して見える世界を描けばいいのだから。

目に映る世界を再現する技術を習得する為には血の滲む努力を重ねたが、「何を描くか」に苦しんだことはない。

七歳の時に初めての眼鏡を作ってくれた職人は、エディスの絵を主に扱う画商となったが、今でも彼女の眼鏡だけは作り続けている。昨秋、エディスの母親が若くして亡くなった今では、コルネリスはエディスの目の真実を知る、ただ一人の人だ。

「そろそろ、引き上げようか」

コルネリスが言った。今夜は、このカントリーハウスに宿泊することになっている。

「じゃあ、伯爵にご挨拶をして……」

エディスは言葉を切った。ふっと会場の灯りが落ちたのだ。

窓から差し込む月光のおかげでパーティー会場が闇に沈むことはなかった。停電と言うよりも演出かと、期待に満ちたざわめきが広がる。その中で、エディスは月光が作る帯を見つめた。青ざめたその光の中に佇む少女の姿を。

「……ライラレン」

自身の唇から零れ落ちた一つの名前。エディスの脳裏に、奔流のように失われた記憶が流れ込んできた。

夏の午後だ。

三歳のエディスが芝生の上で転げまわっていると、少女が現れた。サラサラと音を立て流れるような金色の髪をした美しい少女だった。白い手に誘われて、エディスは彼女と沼地へ行った。そこに妖精の国への扉があったのだ。

互いの発する言葉を理解しあえなかったが、ただ不思議な響で告げられた短い言葉が、彼女の名前だと思った。言葉は必要としないまま、エディスと少女は共に遊んだ。目を取り替えるというのは、金髪の少女の提案だった。こともなげに彼女は言って、またこともなげに実行した。痛みなど一つもなく、エディスは少女と瞳を取り替えた。

もちろん別れる時には、ちゃんと自分たちの目に戻すつもりだったのだ。どうした手違いがあったのか、エディスは目を取り替えたままで人間の世界に戻ってしまった。

「妖精の国へ帰る扉が見えなくなってしまったの」

二十年の歳月が流れてなお、変わらぬ姿をした少女、あの夏ライラレンと名乗った妖精は言った。

「ああ、ごめんなさい」

心からエディスは詫びた。彼女の存在はずっと記憶の中から失われていたけれど、時おりいだろうかと。
思うことはあったのだ。人間の目を持つことになった妖精の子どもは生きることが辛くはな

「あなたを探したけれど気配が途絶えてしまって。でも、今宵見つけることができた」

「あなたの瞳を返すわ」

エディスは言った。隣家の老婆が予言したように、それはエディスの命を奪うかもしれない。仮に生き延びたとしても、妖精の目を失うことは画家として死を迎えると道義だ。それでも、一人きりでさ迷うこの人を放っておくことはできない。

エディスは静かに眼鏡を外した。膝を折り、妖精の少女と瞳の高さを合わせる。あの日と同じように白い手が伸びてきて、頬に触れた。ひんやりとした手が瞼に触れる。

あの日と同じように痛みはなかった。ただ瞳がグルリと動く感覚がして、エディスは身震いをした。何かが引き出されるような感覚とともに、意識が吸い取られていく。

「エディス！」

崩れ落ちる体を抱きしめる力強い腕を感じながら、エディスの意識は闇に落ちた。

ゆっくりと目を開けると、泣き出しそうなコルネリスの顔が飛び込んできた。エディスは囁くように聞いた。

「私、生きてるの？」

「ああ。あの子は君の命を取っては行かなかった」

「それに、瞳も」

エディスの瞳は、その力を失ってはいなかった。眼鏡を外しているからわかるのだ。コルネリスの背に黒い羽があることが、はっきりと見えている。

「僕が彼女に頼んだんだ。今しばらく待ってくれと」

コルネリスは静かに言った。

「人の子であるエディスに残された時は半世紀もない。妖精の瞳を持つことで、さらに命は削り取られるかもしれない。永久に近い命を持つ彼女にとっては、それは瞬きほどの時間のはずだ。彼女は、僕の願いを聞き届けてくれた」

人の世界で生きることを選んだ同属の僕に免じて。

エディスは身を起こして、コルネリスを抱きしめた。人の世をさ迷う妖精の少女を思う。

「あの子の為に絵を描くわ。妖精の世界への扉を見つけ出すことのできる絵を」

＊＊＊＊＊＊

「エディス・グレイが真実、『妖精の瞳』を持っていたとはね」

眼球堂の店主は、柚香の手から画帳を取り上げた。

「彼女はどうして、この作品だけ絵ではなくてタペストリーにしたのかな？」

「これだけ大きな物となると絵では持ち運びに容易ではない。どこに住まいを移しても壁を飾ることができるように考えたのかもしれないな」

これだけの大きさが必要だったのだ。妖精の少女が通り抜けることができる扉でなければならなかったのだから。

「エディス・グレイが表舞台で活動したのは数年のことだったと記憶している。その後も何点かの作品は発表しているが、ほぼ全ての時間をこのタペストリー製作に費やしたのだろう。自身の手で織り上げたか否かはわからないが」

それだけの想いを込めて、エディスは妖精の少女の為に道を作ったのだ。

「エディスが会った妖精は、このタペストリーに隠された道を通って帰れたんでしょうか？」

「いずれにしても、もう人の世にはいないだろう。妖精の瞳は本来の持ち主に返された。エディス・グレイは既にこの世の者ではないのだから」

「彼女はやっぱり、若くして亡くなったんですね。表舞台から姿を消したとしか聞かなかったけれど」

「君ならば、望むかね？　命を削ることになっても、妖精の瞳を」

命と引き換えに才能を与えると聞かれたら、応じるだろうか？

今ならば、誘惑者の手を取るかもしれない。この世界に確固たる居場所を見つけられずにいる今ならば。

それでも心の内を答えることなく、柚香は曖昧に笑った。

「私なら、妖精の瞳よりも健やかな人の目が欲しいです」

「ああ、君はそうだったな」

店主はエディスの画帳を静かにとじた。

「いずれにせよ、興味深い話だった。このタペストリーに、異世界への扉が隠されているとは思い至らなかった。君はどうやら、私が期待した以上の目の持ち主のようだ」

「私じゃないんです。これに興味を持ったのは同じ中学の美術部の子で」

「このタペストリーに？」

「いえ、彼は画集でしか見たことがなくて、本物は油絵だと思っているみたいでした。エディス・グレイの絵が好きで、模写をしていて……」

柚香は言葉を切った。眼球堂の店主がいつになく厳しい顔をしてエディスの画帳を見つめている。

「どうかしましたか？」

何か彼の気に障ることを口にしただろうか。

「その少年は、エディスの絵を探しているのか？」

「どこかで見たことがあるかと聞かれました。もちろん、何も知らないと言ったけれど」

「そうか」

店主は小さく吐息をついた。

「私、何かしましたか？」

「いや、気にしなくて良い。私の考え過ぎだろう」

五章　時の少女

珍しいこともある。

柚香は、思わず足を止めた。サイエンスコーナーに客がいるのだ。

さくらのデパート六階にある書店は地域では最大規模で、開店から閉店まで客の姿が途切れることはない。けれどその一角に設けられたサイエンスコーナーは閑古鳥《かんこどり》が鳴いているのが常だった。専任者はおらず、書店員が兼務していて、用がある客は書店のレジまで出向くことになっている。それでも誰も困らない。

そもそも、どうしてこんなコーナーがあるのか、柚香にはずっと謎だった。ここを訪れるようになってかなりになるが、自分以外の客に遭遇したのは初めてだった。客は高校の制服を着た三人の男子だ。珍しくて思わず何を買うのか見ていると、あれこれ話し合いながら、プレパラートや標本を幾つか手に取っている。

どうやら彼らは科学部の学生で、文化祭の展示に、いかに一般の来校者を呼び込むかに知恵を絞っているのだ。祝日と土日をあわせた三日間。柚香の中学校と同じ時期に文化祭が行われるようだった。

「だから無理だって、もう二週間ないんだぞ、本番まで」

一人の少年が口にした言葉に、柚香はひやりと首をすくめた。中学校の文化祭までも二週間ないということだ。投げ出してしまった部誌は完成したのだろうか。馴染みの印刷所は中三日で納品という超特急で引き受けてくれるとしても……

副部長の伊東からメールが来ていないか確認しようと、携帯電話を取り出そうとした時だった。

シャラン。

聞き慣れた、涼やかな銀鈴の音がフロアに響いた。

非常階段とトイレに続く通路に目を向けると、そこに扉が浮かび上がっていた。今まさに開かれたドアにつけられた銀鈴が鳴ったのだった。

柚香は思わず三人の高校生を振り返った。音に気づいた様子はない。あんなに、はっきり響いているのに。

シャラララン。

柚香が見守る中で、一人の少女が扉を押し開けて出て来た。柚香より幾つか年は上に見える。金に近いほど明るい茶色の髪と、磁器のような白い肌。あっさりしたデザインの青いワンピース姿なのに、しなやかな身ごなしは思わず目を奪われるほど上品だった。

少女は柚香と目を合わせることもなく、ただ横を通り抜けていった。ふわりと、微かな香が残った。その香に、はじめてそこに人がいることに気づいたかのように、男子高校生たちが顔をあげて、息を呑む。

少女がサイエンスコーナーを通り抜けて、その姿が書店の人波に飲み込まれてしまうまで、ほんの数秒の出来事だった。夢の中の人に出会ったようで、柚香はしばらく立ち尽くしてしまった。柚香だけではなく、三人の高校生も、ぽかんとした表情で少女の立ち去った方を見たまま固まっている。

「……今のモデル？」

ようやく、高校生の一人が呟いた。

「リアル美少女」

彼らのやり取りはもう、柚香の耳には入らなかった。

眼球堂のある場所に目をやると、扉は消えようとしていた。輪郭がぼやけ始めている。鞄から眼鏡を取り替えるまもなく、柚香は小走りで扉に向かい、消えかける寸前のノブを掴んだ。

勢いのまま店に飛び込むと、銀鈴が、シャランシャランと勢い良く鳴った。

「……どうした？　リラ。忘れ物か」

奥の部屋から顔を見せた店主は、柚香の姿を見つけて肩をすくめた。

「なんだ。君か」

「今の人、誰ですか？」

「客だよ」

「ただのお客さんじゃないですよね」

「なんで、そう思うんだ？」

面白そうに聞かれて、柚香は返事に詰まった。彼女が、綺麗すぎたから？　身にまとう空気が人ならぬものに感じられたから？

「ただ、そう思っただけです」

扉を開けたのが柚香だと知って、ガッカリしたくせに。

「恋人ですか？」

「恋人？　あいにく、そういった相手ではないな」

店主は微かに笑った。

「確かに、ただの客でもないかな。彼女は、品物を求めてくるのではない。君のように物語を私に売りに来るんだ。もっとも、ここにある品から物語を読み取るわけではなくて、世界中から物語を集めてくる。情報と言ってもいいが。時には貴重な骨董品を持ち込んでくることもある。私にとっては大切な仕入れ先だ」

店主が以前に言っていた、この店唯一の仕入れ相手だ。

柚香が象嵌の桜が描かれた硯箱に秘められた物語を語った時に、店主が心に思い浮かべたに違いない、運命の女性。

「あの人……人間じゃないと思いました」

柚香は、はっきりとした口調で切り込んだ。

「君の住む世界の人間ではないという意味では、正しい観察だ」

店主は素っ気無く答えると、もうその話は終わりだとばかりに話題を変えた。

「それで、今日は、どんな物語を聞かせてくれるのかな？」

柚香は紫檀の丸テーブルに歩み寄った。そこに集められた物が、未だ物語が定まらない品々だ。でも柚香を呼ぶ声は、ここからは聞こえない。

ぐるりと店を見回して、柚香は窓辺で足を止めた。窓辺と言っても、窓は嵌め殺しで外に向かって開かれてはいない。光が差し込むこともないその場所に、ひっそりとガラスの器が置かれていた。

中学校の教室にも水栽培のヒアシンスがあるが、ちょうどそれに使われているような器だ。ガラスはぼってりとしていて、わずかに青みがかっている。水は半分ほど入っているが、球根はない。柚香を呼んだのは、この器で間違いない。

店主が静かに言った。

「それは売り物ではないよ」

柚香は構わずに両手でそっと器に触れた。何かが胸の奥から満ちてくる。じっとガラスの器を見つめていると、水底から何かが浮き上がってくるように、ゆらゆらと風景が見えた。

柚香は迷いない仕草でガラスの器を持ち上げて、応接セットのテーブルまで運んだ。物語を届ける為に。

＊＊＊＊＊＊

癌《がん》をも撲滅し、あらゆる病に打ち勝ったかに見えた人類だが、その病を食い止めることはできずにいる。

「瑠璃《るり》目病《め》」

角膜が青く透き通っていく奇病で、発症した者の九割は失明に至るのだ。最初の患者が発見されてから既に四半世紀が過ぎるが未だ治療法は確立されておらず、残された手段は眼球そのものの移植だった。生体間移植はもはや標準医療であるし、クローン技術による移植用眼球も普及しつつある。

だが移植用眼球には、品質のばらつきと、術後三年から五年で機能を失ってしまうという、大きな問題点があった。ひとたびクローン眼球を移植してしまえば、数年に一度の手術とリハビリを生涯続けることになる。

手術の成功率は医師の技量によるところが大きいとあって、金持ちは高額な報酬で腕の良い医師を抱え込むようになった。さらに品質の良い移植用眼球を買い占める者も現れた。そうなれば、貧しい者たちは品質の劣る眼球を移植せざるをえなくなり、施術にあたるのも経験の浅い医師、運が悪ければ無資格者ということになる。

眼球が売買される事件まで起こったことで、国は眼球における格差是正に乗り出した。政府主導のプロジェクトがクローン眼球の耐久性をあげようと日々研究を重ねているが、成果ははかばかしくない。

持てる者と持たざる者の格差が埋められない中で、囁かれる一つの噂があった。

人間由来の動物性クローンではなく、植物性クローンの眼球があると言うのだ。まだ試作段階だが、人体に馴染みが良く数年たっても劣化はほとんど認められないのだと。


「全く、馬鹿馬鹿しい話だ」

エプスタイン博士は鼻を鳴らしてテレビのチャンネルを切り替えた。すっかり冷めてしまったコーヒーをガブリと飲み込む顔が歪む。

「苦い」

博士は砂糖壷に手を伸ばしたが、それは白い手に取り上げられた。

「駄目です、博士。お砂糖は控えるようにと、申し上げました」

助手のリラはまだ十代の少女だが、博士にとって頭の上がらない数少ない相手だった。

テーブルの離れた場所に砂糖壷を置いたリラは不安そうに瞳を揺らした。

「博士、私は心配です」

「何がだね？」

「ただの噂で済むでしょうか。もし、あいつらが……」

「私が研究に携わっていたのは十年も昔のことだ。今更この老いぼれに期待する者などいないさ」

博士は笑い飛ばしたが、リラの顔は曇ったままだった。

本人が否定しても、エプスタイン博士がクローン眼球研究の第一人者と目されているのは事実だ。政府直轄の施設にも立派な研究室を持っている。

「私は既に引退の身だ」

もう後進に道を譲る時期だというのが七十を越えた博士の言い分であり、引退して、これからは亡き妻が愛した花々を愛でて過ごしたいと申し入れているのに、退官願いは差し戻されるばかりだ。最近では博士もストライキとばかりに研究所には出勤せず、一日の大半を自宅の温室で過ごしている。

目もかすみ、手先も若い頃のように器用に動かない。移植手術はもちろん、培養実験をすることすら危険なのだと言っても、耳を貸す者がいないのは、博士がそれだけカリスマだからだ。

見えなくなることへの恐怖。

エプスタイン博士はクローン眼球を実用化することで、失明の恐怖から人々を救ったのだ。神の手を持った男と呼ばれた医術者だ。

人は、神と縋《すが》った男が求めに応じてくれなくなった時、どう思うか。リラの不安を掻《か》き立てるのは、数日前、研究室でぶつけられた言葉だ。

眼病で左目を失い、右目もまた光を失おうとしている若い男性患者だった。クローン眼球の移植手術は決まっていたが、執刀医はエプスタイン博士ではなかった。

「あんた、俺を見捨てるのか！　クローン眼球の成功で儲けたら、患者は用無しか？　モルモットに代わりはいるからな」

患者はすぐに警備員につまみ出されたけれど、そんな風に理不尽な怒りを抱く者は少なくない。人々は、エプスタイン博士に求め続ける。

もっと、もっと優れたクローン眼球をつくれ。その研究に命までを捧げよと。

「博士が最近では温室に籠っていらっしゃるから、あんなおかしな噂話が立つんです」

「植物由来のクローン眼球、か」

拒絶反応がなく、経年劣化も見られない。そんな夢のような眼球は有りはしないのに。

「人の望みは、とどまるところを知らない」

エプスタイン博士は再びコーヒーを口に運び、苦いとつぶやいた。

「リラ。今日の午後、ちょっと用事を頼みたいんだが」

「はい、なんでしょう」

「アンリの所に届け物をして欲しいのだ」

アンリは、エプスタインの孫息子で十二歳になる少年だ。生まれながらに眼病を患い、その目がはっきりとした画像を捉えたことはない。ただ光や色の変化をおぼろげに感じることができる程度だという。

エプスタイン博士は、そもそもは彼の為にクローン眼球の研究を始めたのだ。だがそのクローン眼球が、アンリには適合しなかった。少年は今、病室のベッドで少しずつ失われていく光を、微かな望みとともに繋ぎとめようとしている。

絶望からか自棄になり、ここ数日は食事も取らずにいるとアンリの母親から連絡を受けたばかりだった。

「博士がいらっしゃった方が、喜ばれるのでは？」

リラは控えめに言ったが、博士は淋しそうに首を振った。

「アンリが欲しがっているのは、あの子に適合する眼球だ。私が行けば、ぬか喜びさせることになる。だから君も、私の助手だということは告げずに、これを届けて欲しいのだ」

そう言って博士がテーブルに置いたのは小さなメモリーカードだった。恐らく音声メッセージが入っているのだろう。

「これをアンリに。でも他の人に聞かせてはいけない。看護師や介護人、アンリの母親であっても。君とアンリだけになって、聞くように。やってくれるね」

「はい」

「頼むよ。それから、あの窓辺にあるガラスの器を持ってきておくれ」

博士が指差した窓辺には、ヒヤシンスの水栽培の鉢があった。リラは鉢を窓辺から取ってくると博士に差し出した。

「この球根も、アンリのお見舞いに？」

ほとんど視力のない少年に贈るなら、香が楽しめる花の方がよいだろうに。

リラは口には出さず、そう思った。

「いや、これは君にだ」

「私にですか？」

「君の部屋は殺風景で良くない。これなら手入れも簡単だ。時どき水を取り替えてやればよい」

サボテンでさえ枯らした経験があるリラは困惑した。鉢を持ったままのリラの手に、そっと博士の手が重ねられた。

「冬は厳しくとも、耐え忍び春になれば、花は開くだろう。どうか、そのことを忘れないでおくれ」

「博士？」

「さ、アンリが待っているだろう」

リラは左手に鉢をかかえ、右手にメモリーカードを持って、しばらく迷ったが結局はうなずくしかなかった。

「それでは、鉢はいただきます」

「アンリによろしく」

「はい、行ってまいります」

リラは博士の屋敷の離れに小さな自分の部屋を持っていた。高等教育を受けたわけではない彼女が博士の助手を務めていることを知る人は、ほとんどいない。リラははじめ、博士の身の回りの世話をする家政婦として屋敷に来たのだ。


五年前、リラは十二歳だった。

「こいつは特別賢いわけではないが、余計なことを考えず、素直なところが取り得だから」

斡旋《あっせん》屋の男は、特にリラを馬鹿にした風でもなくそう言った。

「体は丈夫で、良く働くことは保証しますよ。使用人なんか、適当に馬鹿な方が使い勝手が良いでしょう」

博士は男には特に何も言わなかった。でも男が帰っていくと、リラの頭をポンポンと優しく叩いた。

「君は、とても良い目を持っているね」

リラは道行く男が振り向くほど顔立ちの整った子どもで、とりわけその緑の目は賞賛の的だった。美しい目を持っていれば女は楽な人生が送れると、そんな言葉がまかり通る時代だ。実際、博士の屋敷で雇って貰えなかったら、リラは娼館に行くことになっていたのだ。

その目がありゃ、食って行くには困らないだろう。

リラの父も斡旋屋の男も、そう言った。でも、博士は違った。

「意志のある、賢い瞳だ。君はきっと色々なものを見るだろう」

それから、じっとリラの目を覗き込んだ博士は笑顔を消した。

「前に眼科の検診を受けてから、どれくらいになるかね？」

「検診は受けていません」

リラの両親が娘の目に期待したのは美しさであって、機能ではないのだ。精密な検査は無料ではない。わざわざ受けさせるほど金にゆとりはないということだ。

「では、今日はこれから私の研究室に行こう」

そう言って連れて行かれた博士の研究室で、リラは生まれて初めて詳しい検査を受けた。

そして初期の瑠璃目病であることがわかったのだ。

「心配することはないよ」

白衣を着た青年が快活に言った。

「君はすごく幸運だ。こんな初期の状態で病がわかるのは滅多にないことなんだから。今なら点眼治療だけで良くなるよ」

問題があるのは目だけだし、自覚症状もなかったのに、博士はリラに仕事らしい仕事をさせてくれなかった。

「しっかり療養することだ。ああ、料理だけは頼もう。私は、料理はからきしでね」

それも、リラに栄養バランスのとれた美味しいものを食べさせるためだった。博士は使用人であるリラと同じテーブルにつき、同じ料理を食べる人だったのだ。

博士との生活に馴染み健康を取り戻すと、リラは少しずつ仕事を増やしていったが、自由な時間はたくさんあった。

博士は、いつでも好きな時に好きなだけ図書室の本を読んで良いよと言ってくれた。だからリラは仕事が終わった後、図書室に通った。初歩の読み書きしか教育を受けていないリラに読めるような本はほとんどなかった。それでも辞書の使い方を覚えて、少しずつ読んでいった。

半年たった頃、博士はリラを温室に呼んだ。

「私の研究を手伝ってくれるかい？」

「私がですか？」

研究室に行けば、大学院を卒業した優秀な助手が何人もいるというのに。リラに何ができるというのだろう？

「契約外の仕事になるが、駄目かい？」

それでも博士の言葉は嬉しかったから、リラは大きく首を横に振った。

「お手伝いさせてください」

それから五年間、リラは博士の助手として一生懸命働いてきた。

正直なところ、研究の力になっているとは思えない。リラのやっていることといえば、最近では足が不自由になってきた博士の代わりに、あれやこれやと物を運んだり、書類の整理をしたりだ。後は研究の合間にお茶を入れたり、ちょっとしたお使いに行くくらいだ。博士にしてみれば、リラの代わりはいくらでもいるのだろうけれど。

リラは、いつの間にか博士を祖父のように思っていた。本当の孫息子であるアンリを羨ましく思うこともあった。

博士にもらった鉢を自分の部屋に置いてから、リラはアンリのいる病院に向かった。

少年の瞳は、また少し青くなったように見えた。リラはそのことに気づかないふりをして、挨拶をした。リラが博士の助手を務めていることは秘密だが、博士の屋敷で長く家政婦として働いていることはアンリも、その母も知っているから、リラの訪れは好意を持って迎えられた。

「おじいちゃんからメッセージ？」

「はい」

さて、どうやって他の人を遠ざけようかとリラが困っていると、見透かしたようにアンリが言った。

「僕、散歩に行きたい。お母さん、いいでしょ？　リラに車椅子を押してもらうから」

めったに我侭を言わず、ここ数日は食事も取らないほどだった息子の、久しぶりに元気な言葉が嬉しかったのか、アンリの母親は二つ返事でうなずき、車椅子を運ばせた。

「外の空気を吸うのは、良いことよ」

看護師の手を借りてアンリを車椅子に移し、幾つかの注意を受けた後で、リラは病室を後にした。

少し肌寒いが、陽ざしがあるので中庭には、他にも散歩をしている者がいた。他の人に声が届かないくらいの場所を選んでリラは車椅子を止めた。ポケットからメモリカードと再生用の携帯電話を取り出してから、リラは聞いた。

「イヤホンもありますよ」

アンリだけで聞きたいと言えばそうするつもりだった。

「リラも聞いて。おじいちゃんは、そう思ってリラに持たせたんだと思う」

この少年は時おり、何かを見抜いたような言葉を口にする。見えないことで鋭敏な感覚を身につけたのかもしれない。

「わかりました」

リラはメモリーカードをセットした。少しだけ間があって、博士の声が流れ出す。耳に心地よい、ゆったりとして深い声だ。

「アンリ。元気にしているかね？　私は元気だよ。リラがとても良くやってくれるから、体調も良く、研究も捗《はかど》っている」

少年に笑いかけられ、リラは面映《おもはゆ》さに首をすくめた。同時に、博士が研究の成果に気を持たせるようなことを言うのが気になった。

「私の新しい人工眼球について、つまらない噂が耳に入っているだろうか。これまでの動物由来でなく、植物の力を借りた画期的なクローン眼球だ。あれは、もうすぐ完成する」

リラは息を呑んだ。アンリの頬にも緊張が走る。素早く周囲に目を走らせ、人の気配がないことを確認しながら、二人は博士の言葉を待った。

「お前に光を取り返してやりたい。ただ、その願いだけで私は研究にこの身を捧げてきた。だが今、その研究を妨害しようとする勢力がある」

誰もが、光を失う日を恐れずにすむ。その為の植物性のクローン眼球が完成してはマズイと思う者たちがいるのだ。眼球格差を是正する為と言ってクローン眼球の研究を推し進めておきながら、それが結局は万人に平等なものでないことを喜ぶ者たちが。

「リラがこのレターをお前に届ける頃、私はもうこの世にいないだろう。お前を保護し、母親とともに亡命させる手はずは既に整っている。リラを守ってやってくれ。リラは必ず、お前に瞳を取り戻してくれるだろう」

手探りで伸びてきた少年の手がリラの腕を掴んだ。

「子どもたちに、祝福を」

ふっと、博士の声は途切れた。

「……戻らなきゃ！」

リラは駆け出そうとしたが、少年は手を離そうとしなかった。

「駄目だ。おじいちゃんの言葉を聞いただろう」

驚くほど冷静に彼は続けた。

「戻ったら危ない。ひとまず、安全な所へ」

アンリは首からぶら下げていたナースコールを押した。すぐに看護師の青年とアンリの母親が病棟から走り出てくる。母親の顔は蒼白で、恐らく彼女の元にも何らかの形で事態が告げられたのだ。

「アンリ！」

「おじいちゃんから、これを」

アンリが母親に携帯電話を渡そうとして、リラの腕にかけた手から力が抜ける。その瞬間、リラは少年の手を振り払った。

「リラ！」

少年の叫びを背に受けて、リラは走り出した。そんな筈はない。博士の身に危険が迫っているなんて、そんなことは有り得ない。いつもと同じ平凡な一日だった。

屋敷の前には人だかりがしていた。リラはコートのフードをかぶって、ひっそりと近づいた。無残に焼け落ちた温室が、目に飛び込んできた。消防車は既に去り、軍の車が数台止められている。夕闇が迫る中、温室にはライトが照らされ、数名の男たちが、あたりを引っ掻き回している。リラは屋敷の裏手から忍び込んだ。

「探せ、どんな小さな物も見落とすな」

「研究室にはほとんど資料がなかった。博士は、この温室で実験をしていた筈だ」

ひそめた男たちの声に耳を澄ませる。

「駄目です。書類など痕跡はありますが、ほぼ灰になってしまって」

「念の為に収集しろ。パソコンもだ。復元が可能かもしれん」

「自ら温室に火を放つなど、そこまでやるとは」

「蘇生は？」

「無駄に終わった。脳髄を撃ち抜いていた。その上、念入りに火葬だからな」

リラはグラグラ眩暈《めまい》のする頭を押さえた。

「秘密を守ったまま死んだ、ということか。家族の身柄は？」

「それが、一足遅く。国外へ」

ああ、アンリと母親は間にあったのだ。恐らく、しばらく前から博士が警告していて、出国の手筈が整えられていたのだ。

「その二人は放っておけ。ほとんど、博士と接触はなかったと聞く。それより、下働きの娘がいただろう」

「外出中です」

「研究について知っているとも思えないが、念の為に、その娘の部屋も調べておけ」

「温室の調べを終えたら、屋敷の方もざっと調査しますから、その時にでも」


リラは静かに身を翻した。アンリと母親が国外に出た以上、リラが頼る場所はない。家族とは、売られたも同然に別れた。リラからは時おり送金し手紙も書いているが、返事が来ることは一度もなかった。

ともかく、ここにいるわけにはいかない。

離れにあるリラの部屋は、小さいけれど清潔で日当たりも良い、リラだけの城だ。五年間、ここで過ごした。明かりをつけずに手探りでリラは荷物をまとめた。持って行く物は多くなかった。博士はきちんとした給金を払ってくれたが、ほとんどを家族に仕送りしてしまっていたから、手もとに残っているお金はわずかしかない。その金と、博士からもらったサイン入りの一冊の本。

小さな鞄にそれだけを入れて部屋を後にしようとした時、リラは窓辺に置いた鉢に目を留めた。博士が今朝リラにくれたものだ。君の部屋は殺風景だからと言っていたけれど、本当にそれだけだろうか。

「冬は厳しくとも、耐え忍び春になれば、花は開くだろう。どうか、そのことを忘れないでおくれ」

博士が研究していると噂されていた植物由来のクローン眼球。そして、あのメッセージ。

「リラは必ず、お前に瞳を取り戻してくれるだろう」

あの言葉は、まさか。

ガタンと、扉が揺れた。

「使用人の部屋に、鍵とは」

呆れたような声が響く。

「こんな所、調べても意味ないだろう。もう行こうぜ」

「いや、一応調べないと」

リラは水栽培の鉢を取り上げた。コートの内側にしっかり抱き込んで、ベッドに飛び乗ると、窓を開ける。中で動く気配に気づいたのか、扉の外が慌しくなる。

離れの扉は呆気なく蹴破られたが、その時にはリラは窓から外に飛び出していた。背後で怒声が飛び交う中、闇の中に走り込む。弾みでこぼれた水が服を濡らすが、そんなことにかまってはいられない。

この球根を守るのだ。命にかえても守って、アンリのもとに届けるのだ。

その店の裏口にリラがくずれ落ちるように座り込んだのは、雪の夜だった。寂れた裏通りにある小さな骨董屋だ。店の裏手に回ると人がすれ違うのもやっとという狭い路地に、ごみバケツやら木箱やらが並んでいて、ひと時身を潜めるには悪くない場所だった。

滴《したた》る赤い血が雪を染める様子を、リラはぼんやりと見つめていた。博士の屋敷から逃げ出して四日。あいつらは、ただの下働きの娘を見逃してはくれなかった。病院の看護師から、あの日、リラが博士の使いとしてアンリと接触したことが伝わったのだ。リラが屋敷から何かを持ち出したことも知られている。

リラはコートのポケットに手を入れた。指先に確かに触れる物にほっと息をつく。ガラスの器は捨てるしかなかった。緑の芽が少しだけ伸びた球根。

サイレンの音は遠くなり、近くなる。逃げなければいけないとわかっているのに、体はもう動かなかった。撃たれた腕の傷は鼓動に合わせてズキズキ痛むが、それもだいぶ鈍くなってきた。全身が重く、意識が遠のく。

ガチャリと音がして裏口の扉が開いたのは、その時だ。

「今夜はまた、何の捕り物だ」

若いのか年を取っているのか、どちらともつかない男の声が、自分に話しかけていることに気づかぬままに、リラは意識を手放した。

＊＊＊＊＊＊

「ごめんなさい、ここまでしかわかりません」

柚香は目を伏せた。勝手に、商品ではないという品から物語を引き出しておきながら、なんとも中途半端に終わってしまった。

倒れた少女を男が抱き上げた所まではっきりとした情景として浮かんだが、その後は靄がかかっている。それでも男が少女を助けたことは確かだ。

「あの人、リラさんですね」

さっき眼球堂から出てきて、柚香とすれ違った少女はリラだ。柚香が見た物語とは服装も髪型も違っているが、見間違う筈がない。では寂れた裏通りの骨董屋はこの眼球堂で、リラを助けたのは目の前にいる店主なのだ。

彼が、もしかしたら隠しておきたかった過去を探り出してしまった。

柚香は手の中の空っぽの器に目を落とした。リラが逃げる途中で捨ててしまったガラスの器を、眼球堂は探し出し取り戻したのだ。では、中に入っていた物は？

「店の裏手でリラを拾った時には、これほど長い付き合いになるとは思っていなかった」

店主はつぶやいた。

何年？　それとも何十年？

時空の狭間にあるというこの店で、少女と店主は時を重ねて来たのだろう。変わらぬ姿のまま、ただ思い出だけを積みあげて。

「傷が治るまで匿《かくま》ってやるだけのつもりだった。だが彼女が持っていた眼球に心奪われてしまった」

「眼球？　球根だったんじゃなくて？」

「ああ、見たところはただの球根だった。だが、あれは目だった」

店主は立っていって棚からガラス瓶を取ってきた。中にコロンとした球根が入っている。

「君にならば見えるだろう」

ガラス瓶を光にかざしてみて、柚香は息を呑んだ。球根にある薄い切り込み、あれは閉じた瞼だ。おそらく瞼が開かれれば、そこには瞳がある。

「博士の研究は成功したのだとリラは言った。研究資料は失われ、この目をどうやって人に移植すれば良いのか不明だ。だがリラは、この目を必ずアンリに届けると言っている。そして博士を死に追いやった奴に復讐するとね」

店主は柚香の手からガラス瓶を取り上げた。

「木を隠すなら森の中」

博士が残したクローン眼球を隠すのに、これほど相応しい店はない。

「リラは今も追われているし、アンリの行方を捜してもいるから、この目は私が預かっている。彼女は世界中を旅して、時おり、ここに立ち寄るんだ」

リラが仕入れてくる眼球グッズや物語を買い取る形で、彼は彼女の逃亡生活を助けているのだ。

「彼女の生きる世界は危険に満ちている」

どこにあるのかわからない。次元のずれたリラの世界と柚香の生きる世界を繋いでいるのが眼球堂だ。時も場所も選ばないこの不思議な店を通り抜けて、リラは旅を続けている。世界を、時までも渡りながら。

「……いつまで？」

せりあがってくる悲しみと痛みを飲み込んで、柚香は掠れた声で聞いた。

「なんだい？」

「いつまで、リラさんは旅を続けるんですか？」

店主の口もとに苦い笑みが浮かんだ。

「何もかも、捨ててしまえば良いのにと言ったさ。奴らが追ってこられない時空に店を構えることだって私にはできる。そうした上で回廊を閉じてしまえば良いのだ。だが彼女は、それはできないと。誰に命じられたわけでもないのに、あの少年に目を届けるまで、リラは安らぐことはできない」

店主の表情を見て、柚香は気づいた。この人は、リラの為にこんな不安定な場所に店を構えているのだ。ここならば、いつ訪れるかわからない少女を受け入れることができるから。

彼は元はただの骨董屋で、扱う品は多岐に渡っていたのかもしれない。リラが店を訪れる口実を作る為に、眼球だけを扱う骨董屋へと店を作り変えてきた。ただ見守って、求めることはなく。

象嵌の桜で彩られた硯箱に秘められた時を渡る姫君の話をした時、店主は言った。

「願い続ければ、想いは伝わる。どこまでも共に生きてゆける」

あれは彼の真実の想いだったのだ。

眼球堂の店主と追われる少女は、どこまで行くのだろう。空っぽのガラスの器を見つめながら、柚香は唇を噛んだ。

世界を変えるような力が自分にあったら、二人を助けることができるのに。たとえ、かりそめの物語の中であっても。

六章　青の王妃

「これ、見てください」

柚香は一冊のノートを店主に差し出した。

深いグリーンの表紙には模様がなく、中は薄いグリーンの罫線というシンプルなノートだ。ただ目を凝らすとページの隅に目が箔押しされているのがわかる。パラパラとページを捲ると、その目はゆっくりとウィンクするという凝りようだ。

眼球堂で見つけたノートだ。さほど高価な品ではなかったので、柚香の小遣いでも買うことができた。

既にノートの半分ほどは埋まっていた。ブルーの万年筆で綴られているのは、柚香がこの店で拾いあげた物語だ。

「誰にも見せたりしません」

店主が何か言う前に柚香は言った。大切な、自分だけの宝物だ。

「写真を物語の隣に貼りたいんです。だから写真を撮っていいですか？」

柚香が物語を見つけた品々は、まだどれも売られずに店にあった。

「撮影は遠慮して欲しい。品物と言うより、この店にカメラを持ち込んで欲しくないんだ」

「そうですか」

柚香が肩を落とすと、店主は続けた。

「君だけの物にするのなら、写真はあげよう。在庫の記録はつけている」

ノートを置いて立ち上がった店主は、棚から一つの引き出しを抜いた。柚香の目の前に置かれた引き出しにはたくさんのアルバムが入っていた。特に内容を示すラベルなどはないのに、店主は迷うことなく中から数冊を抜き出してページを捲った。

赤い瞳の人形、琥珀、象嵌細工のほどこされた硯箱。これまで柚香が物語を語った品々の写真がテーブルに並ぶ。

「貰っていいんですか？」

写真を抜いた後のアルバムは空っぽになってしまう。

「焼き増しをするから構わない」

「データを送ってくれたら自分でプリントアウトします」

サイズの調整ができるから、本当はその方がありがたい。だが店主はあっさり答えた。

「フィルムなので、それは無理だな」

「デジカメじゃないんですね」

「私はあまりデジタルを好かない。肌が合わないようで頭が痛くなってくる」

店主の言葉に柚香は改めて店内を見渡した。店内にはパソコンはもちろん、レジスターすらない。柚香がノートを買った時も出納《すいとう》は帳面に書き付けられ、お金は引き出しの中にある小型金庫から出し入れされたのだ。

極たまに店主が音楽をかけることがあるが、それはレコードプレーヤーだった。骨董屋の雰囲気を壊さない為にしていることかと思ったが、店主が徹底的にそうした物を排除しているのだ。

商品管理も手書きで行われていた。差し替えの可能なファイル形式になっているとは言え、これだけの数の品物を管理し、検索するのは大変なことだと思うのに。

この人の頭の中はどうなっているのだろう？

「今日の話が上手くいけば、君の望む目の対価となるかもしれない」

ノートを閉じて柚香に返して寄こしながら、店主はふいにそんなことを言い出した。

「もう？」

少し意外だった。柚香が語った物語に店主がどんな価値を見出したのか、聞いたことはなかった。具体的な金額が二人の間で話題になったことはないし、そもそも対価である眼球を、柚香は見ていないのだ。

店の奥に店主がコレクションしているという眼球。

本当にそんなものがあったとしても、渡されただけでは柚香にはどうすることもできない。だから本当に目を手に入れられると思っていたわけではない。ただの言葉遊び。いつかを呪文に、心を支える為の夢の話。

それが急に現実のこととして語られて、柚香は動揺した。手に入れるものの大きさと、支払うものの大きさに。

「私が見るところ、君は目を取り替えなくてはならないほど深刻な状態ではない」

店主は静かに言った。

「確かに視力という点では計測結果は著しく悪いだろうし、実際、日常生活でも不自由はあるだろう」

駅で路線図や料金表が見えなかったり、書店でも上の方の棚の背表紙が読み取れない。以前は美術館に行くのが好きだったけれど、照明を抑えた美術館ではすぐに目が疲れてしまって満足に鑑賞しないうちに投げ出してしまう。

「だがむしろ、心理的なもののような気がするね」

「そんなことで、見えたり見えなかったりするんですか？」

「君の母上推奨の立派な先生は、そんなことも教えてくれないのか？　私から見ると、むしろそのクリニックに通うストレスが良くないと思うね」

柚香は目を瞬《またた》いた。それは、柚香も心のどこかで思っていたことだ。

医師にしてみれば、検査はいくらやってもやりすぎということはないかもしれないが、数週間でそんなに状態が変わるだろうかと思うし、目薬だって、あんまり間をおかずさしていると、自分で涙を流す機能も衰えてしまうような気がする。

目はいつも乾きぎみで、今度はドライアイ用の目薬が手放せない。完全に悪循環に陥っている。

「そんなわけで、君に眼球そのものは渡さないが、それなりに価値あるものをあげよう。今日の物語が上手くいけばね」

紫檀のテーブルの前で柚香はしばらく迷った。

今日の物語が上手くいけば……

結局、どの品も手にせず、いつも物語を語りお茶を飲む応接セットに足を向ける柚香を、店主は訝《いぶか》しげに見ていた。

柚香は深呼吸をしてから、鞄から瑠璃色のランプを取り出した。

「ああ、その物語をみつけたのか。では、ふさわしい飲み物にしよう」

店主は奥に姿を消した。柚香はテーブルにランプを置いた。このところ毎日、隅から隅まで観察しているから、わずかな傷の位置まで覚えてしまった。

ほどなくして運ばれてきたのは、この店では珍しくコーヒーだった。それも、独特な香がする。

「カルダモンだ。高貴な香はスパイスの女王と呼ばれることもある」

店主が教えてくれる。

「王妃の物語に相応しい香だろう？」

「そうですね」

いつにない緊張に背を伸ばして、柚香は静かに語り始めた。

＊＊＊＊＊＊

「まこと、羨《うらや》ましい。世継ぎの王子の八歳の誕生日はもちろんめでたいが、王妃の変わらぬ美貌は、奇跡のごとし。世に比類なき伴侶を持つそなたが、羨ましくてならぬわ」

セリム様は、かなり酔っていらっしゃるのかもしれない。共に王子であった頃からの付き合いとはいえ、隣りあった大国の王が公式の場で見せる態度にしては、いささか馴れ馴れしく、砕けすぎではないだろうか？

アイシャの眼差しに、王もわずかに苦笑した。

多くの者が王子に祝いの言葉を述べ、贈り物を献上しようと列をなしていると言うのに、セリムは延々と口上を止めようとしない。また、その大半が王妃への賛辞であるものだから、お付の者も困り果てている。

「セリム殿、あちらに珍味もご用意しております。我が国自慢の美酒をご堪能ください」

ついに王は、やんわりと友との会話を打ち切った。

「では、宴の後に酌み交わそうではないか。王妃様もぜひご一緒に」

「あいにく今宵は、王子の相手をしてやらねばならないのだ」

「帰国するまでには、王妃のウードを聞かせていただけようか？　国への良い土産話になる。青の王妃様の名は、我が国でも広く知られていますゆえ」

言いながら、手を握ろうとするセリムから、アイシャは身を引いた。あくまでさりげなく、笑顔を絶やさずに。

「さ、セリム様」

お付の者に半ば引きずられるようにしてセリムが離れて行くと、王が周囲に聞こえぬ低い声で囁いた。

「困ったお方だ。肖像画を描くことを許すのではなかったな」

隣国の王であるセリムは絵を描くことを好んだ。政務はほとんど大臣に任せ、自身は日がな絵を描き、絵の具を煮つめる変わり者だ。アイシャの肖像画を描きたいと彼が言い出した時、王は良い返事をしなかったが、あまりの熱心さに根負けし、一度限りと許したのだ。

「このように執着なさるとは……あの絵は引き取った方が良いだろうか」

アイシャは扇で口もとを隠して答えた。

「悪いお方ではありませんわ。幼馴染でいらっしゃいますし、隣国の王との間に亀裂を生じてはなりません」

すぐに次の者が挨拶に進み出て、会話はそこで途切れた。

「国王陛下、ならびに青の王妃様、お世継ぎハーディ様の八歳のお誕生日、まことにおめでとうございます」

セリムが描いた肖像画はアイシャに生き写しであった。その美貌、ことに青い瞳の見事さを余すところなく描き出してみせたのだ。隣国の王宮に飾られた肖像画は多くの人の知るところとなり、アイシャはいつしか「青の王妃」と呼ばれるようになった。

美貌と英知を兼ね備えた王妃と讃えられ、民からも慕われている。王は善政をしき国は豊かだ。世継ぎの王子は健やかに八歳の誕生日を迎えた幸福な王妃様。

けれど、華やかな宴を見守るアイシャの心は晴れなかった。

今宵は、契約の時。この青い瞳を求めて、魔物がやって来るだろう。

魔物と出会ったのは、アイシャが十三歳の秋だった。持ち主の望みを何でも叶えてくれるという魔の使い手を、心優しいランプの精と思うだけの、幼い子どもだったあの頃。

貧しい村で貧しい夫婦のもとに生まれたアイシャの夢は「王妃になる」ことだった。それは村の娘なら一度は見る夢だ。もしも王子を産むことがあれば、王の心が去った後も生涯に渡って贅沢な生活が保障され、家族や親族まで恩恵にあずかることができるのだ。

「こんな田舎に王がおいでになるわけがない。私たちが都に上ることなんて一生ない。つまり、お前が王に会うことはありえないんだよ」

周囲の者はアイシャの夢を、まともに取りあってくれなかった。

「ランプの精にお願いすれば良いわ」

「ランプの精ですって！」

笑い飛ばしたのは、一番上の姉だった。

「今更、ランプの精に何を期待しようというの？」

アイシャの家には確かに魔法のランプがあった。でもそれは、もう何年も昔の話なのだ。

「今もランプの精がいるなら、我が家がこんなに貧乏な筈がないでしょう」

二番目の姉が鼻を鳴らした。

「でもそれは、お父さんがランプの精を怒らせてしまったからだって……」

「アイシャったら！」

三番目の姉が眉をひそめた。

「そんな言葉が、お父様の耳に入ったら、どんなにお怒りになるか」

「そもそも、肝心のランプが無くなってしまったのだから、これ以上は話しても無駄よ」

一番上の姉がそう言って、話はおしまいになったのだ。


アイシャの父親がまだ少年だった頃、ランプの精を怒らせたのは本当のことだった。現われたランプの精をペテン師扱いした上に、ランプを庭の枯れ井戸に投げ込んでしまったのだ。

アイシャの家が傾いたのは、それからだった。

ランプの精は、持ち主に幸運を運ぶ優しい精霊ではなく、気まぐれで、時として災いをもたらすこともある魔物であったのだと、人々が気づいた時には、遅かったのだ。

村一番豊かだったアイシャの家では不幸が続いた。

祖父は幾度も井戸をさらい、ランプを取り戻そうとしたが、それが叶わぬままに世を去った。井戸に下りた召使が続けて命を落としたこともあって、ついにランプを取り戻すことは断念されたのだ。

少年だったアイシャの父親が大人になる頃には、魔法のランプのことを口にする者はいなくなった。ただ、アイシャだけが、ランプの精が今でもどこかにいると信じていた。彼女は朝に夕に、ランプの精に呼びかけた。この手の中に戻ってくるようにと。

そして、想いは届いたのだ。


激しい雨が降り続き、氾濫した川が庭先まで押し寄せた日のことだ。枯れていたはずの井戸から突然水が溢れ出して、泥の塊がアイシャの足もとまで流されてきた。それは何十年も井戸の底で泥に埋もれていたランプだった。

かちかちになった泥をこそげ落としてみると、ランプはずいぶんとみすぼらしい様子だった。あちこちへこんでしまい、細かい傷がたくさんついていた。

それでも諦めずアイシャがランプを磨いていると、あの伝説のランプの精が現れたのだ。

何十年もランプに閉じ込められていたランプの精は退屈していた。だから目の前の小娘の願いを叶えてやろうという気になったのかもしれない。アイシャが、かつて無礼を働いた子どもの娘だと知って、ランプの精は言った。

「契約によって長くお前の家に仕えてきたが、お前の父がそれを断ち切った。これからは願いをかなえるならば、代償を貰い受けるが、お前に払えるか？」

「私は何も持っていない。みんなに誉められるものなんて、この目くらい」

「確かに、お前は美しい目をしているな。瑠璃よりも見事な青だ。それは、お前にとって大切な物か？」

アイシャはうなずいた。

「何よりも！」

「ならば、その目の代わりに望みを叶えてやろう」

何を求めるか問われ、アイシャは答えたのだ。王妃になりたいと。

「私は王妃になって、この国を、世界中のどこよりも豊かにしてみせる」

「たやすいことだ。王と出会うきっかけは私が作ってやるし、気に入られるよう知恵を授けてやろう。全ての運がお前に味方するように。なんなら、王の心を操ることすら私にはできるのだ」

「私は人形が欲しいのではない。自分の力で、王の心を手に入れる」

アイシャがきっぱり言うと、ランプの精は面白そうに目を細めた。

「どうやって？　お前は確かに磨けば光る美貌の持ち主だ。度胸があって、頭も悪くはなさそうだが」

「だから、お前の力を借りたい。歌や楽器、言葉や舞い、貴婦人として身につけるべき全てを私に教えておくれ。政治や経済、王と対等に語ることができる知識を与えておくれ」

「長い戦いになるだろう。しばらくは退屈せずに済みそうだ」

ランプの精は、笑い声をあげた。

「今の私は、この青い目しか持っていない。王の寵愛を受けるための唯一の武器だ。だから今すぐお前にくれてやるわけにはいかない」

アイシャは、臆することなく言った。

「私が王妃になって、この国が豊かになったその時に、必ず約束を果たそう。だから十年、この瞳を私に預けておいておくれ」

アイシャとランプの精は契約を交わした。

それから三日の後、王宮からの使者がアイシャの家にやって来た。彼らは、王の夢に三日続けて現れた青い瞳の娘を探していた。その娘を手に入れた者が王座に座ると、占星術師が語ったのだと。

アイシャがそうであったように、王もまた己の野心の為に青い瞳の娘を求めた。彼はまだ若く、敵も多かった。弟や従兄、叔父といった者たちが常に王位を狙っているのだ。たび重なる内乱に国は荒れ、民は苦しんでいた。

アイシャは十三歳の子どもに過ぎなかったが、王も十六歳になったばかりだった。体つきも顔だちもまだ少年のものでありながら、王は尊大な態度で訊ねた。

「青い瞳の娘よ。そなたは私に勝利をもたらすことができるであろうか？」

「お望みのとおりに、王よ」

「だがお前はちっぽけな娘。一兵を率いたこともありはしないのに」

「私には心強い味方がおります」

そう言ってアイシャが古いランプを取り出すと、王は顔をしかめた。アイシャは構わずにランプの精を呼び出した。王が、ぎょっと身を引いた。

ランプの精は背後に人の形をした黒い霧を従えていたのだ。黒い霧は冷たく湿っていて、触れただけで心が吸い取られてしまいそうだった。

「なんと禍々《まがまが》しい気だ。いったい、これは？」

「何百年、何千年と、この地に巣食う亡者たちです。ランプの精ならば彼らを自在に操ることができます」

王の手がランプに伸ばされるのを見て、アイシャは静かにつけ加えた。

「そして、ランプの精が従うのは、私の言葉のみです」

王は気まずそうに咳払いをした。

「この者たちが、王と私の身を守ります。私たちに敵意を向ける者は相応の報いを受けるでしょう」

アイシャが命じると、ランプの精は黒い霧にふうっと息を吹きかけた。あたりには光が戻り、呼吸が楽になった。

「……どこに行ったのだ？」

「狩るべき獲物を見つけたのでしょう」

アイシャはランプの炎を吹き消した。炎は消え、ランプの精の姿も消えた。

王の叔父が宮殿の階段から落ちて首の骨を折ったのは翌日のことだった。叔父はその日のうちに亡くなった。彼の部屋からは王の暗殺を企てる手紙が見つかり、多くの仲間が捕らえられた。

それから半月とたたない内に、王の弟が熱病で、従兄は隣国との戦《いくさ》で命を落とした。

「王よ、あの娘にはお気をつけください」

宰相が囁いた。

「王妃が操る力は、人の手に余るもの。いつの日か必ず厄災となるでしょう」

けれど王は、その言葉を退けた。

「この国に平和をもたらす為だ。大国に脅かされずに済むように、これからも王妃の力が必要だ」

揃いの人形のようだと揶揄される若い夫婦は、共に戦場に立った。王妃の傍らには常に古いランプが置かれ、そこに火が灯される時、黒い霧が戦場に立ち込めるのだ。

霧が晴れた戦場にはおびただしい数の死体が並んでいた。どれも敵国の兵の死体で、王の部下たちはきょとんとした顔で立ち尽くすばかりだった。


ある月の夜、王は言った。

「今や、我が領土は帝国一となった。もはや我らを脅かす存在はなくなった」

「またたきほどの時間に感じられますけれど」

アイシャは優雅な仕草で長椅子に身を預けた。二人が結婚してから二年の歳月が過ぎ、アイシャの体には、はじめての子どもが宿っていた。

「ランプの精が申すには、世継ぎの王子であろうと」

誇らしさに胸を弾ませ、アイシャは告げた。

王宮の侍医たちは、まだ王妃の身に起きた変化すら気づいていないと言うのに、ランプの精には生まれてくる子どもが王子であることまで見えているのだ。

「ランプの精が、息子であると告げたか」

王が浮かべた表情に、アイシャは眉をひそめた。

「喜んではくださいませんの？」

「息子を得るとは、この身が震えるほどの喜びだ。ただ……」

王は言葉を切った。

「ランプの精を呼び出すのは、控えた方が良いのではないか？　そなたの身に負担になるようなことがあってはならぬ」

「そのようなお心遣いは無用です」

「平和となった今、亡者の戦士は不要だ。王子が生まれようとする時に、その母が亡者を操るとは不吉ではないか？　あの者たちを解き放ち、ランプの精も眠りにつかせるべきだと思うのだ」

「とんでもないことです」

王がどうしてそんなことを言い出したのか、アイシャは本当にわからなかった。

戦が終わったとは言え、その傷痕は癒えていない。亡者の戦士の働きで、味方の死者は少ないが、焼かれた家は多く、耕す者がいない畑はやせていた。

「今こそ、ランプの精が必要なのです。私は今、この力を手放すつもりはありません」

「王妃よ……」

王はなだめるようにアイシャを抱き寄せた。

「私は不安なのだ。そなたが変わってしまうようで」

アイシャの胸に、いつか耳にしてしまった宰相の言葉が蘇った。彼は言った。

王妃が操る力は、人の手に余るもの。いつの日か必ず厄災となるでしょう。

「そんな目でご覧にならないで！」

アイシャは叫び、王の手からすり抜けた。

王のまなざしにあるものが、魔を操る王妃に対する恐れや嫌悪であったなら、傷つきはしなかった。けれど、そうではないのだ。彼は心からアイシャを案じている。このままランプを使い続けていたら、いつか魔に魅入られてしまうのではないかと。

王の優しさを、喜びと感じてはならない。

アイシャは自身に言い聞かせた。

私たちは互いに、己の野望の為に相手を利用しているのだ。決して彼を、愛おしいと思ってはならない。


アイシャが息子を産んだのは次の年の春だった。

ハーディと名づけられた息子を抱き上げる時、アイシャの心は温かな気持ちで満ちた。

自分より体温の高い小さな体に触れていると、自然に笑みがこぼれるのだった。

けれどランプを手にする時、アイシャの胸には冷たい風が吹く。

「この子の為に、この国をどこよりも豊かにしなくては」

まだ足りない。もっと、もっと。

「過ぎたものを望んではならない」

王は幾度となく、アイシャに言った。

「払いきれぬ代償を求められたら、いかがする？」

「私はかつて、ランプの精と契約をしました。彼は十年の間、この国の繁栄に手を貸す。代わりに私はこの瞳を差し出すと」

「瞳を？　その美しい青の瞳を！」

王は悲鳴のような声をあげた。

「私の目など安いものではありませんか？　約束の日まで、まだ多くの時が残されています。我らは、どれほどのことを成し遂げられるか、お考え下さい。今、ランプを手離すことなど考えられません」

けれどその時はじめて、アイシャの胸に小さな不安が生まれたのだ。

あの日、代償を求めるランプの精に青い瞳を渡すと言ったけれど、それは他に対価となる物を持っていなかったからだ。両の手はからっぽで、アイシャに差し出すことのできる、最も価値あるものが青い瞳だったからだ。

今はそうではない。アイシャには青い瞳よりも、はるかに大切なものができてしまった。認めないわけにはいかなかった。腕に抱く幼い息子、そして王を愛してしまったと。

唇を噛み締めて、アイシャは王子を寝台に戻した。

「王妃？」

「乳母を雇ってくださいませ。それから身の回りの世話をする侍女を七名、学問を教える博士を十二名、二十名の護衛を」

アイシャは口早に続けた。

「世継ぎの王子になるのですから、この子の為に宮殿を建ててくださらなくては」

「まだ生まれたばかりの赤子ではないか」

「ではせめて、王子の部屋を用意してください。私も一人で、静かに眠りたいものですから」

「いったい急に、どうしたのだ？」

王が首を傾げた。昨日までアイシャは片時も王子を離そうとしなかったのだから、あまりの変わりように驚くのも無理はない。それでも王は寛大に、全てをアイシャの望むとおり取りはからうと言うのだった。

「ゆっくり体を休めるが良い」

アイシャは気分がすぐれないからと、王子を侍女に託しただけでなく、王までを部屋から追い出した。

その日から、王妃の部屋に立ち入ることを誰にも許さずに時が過ぎた。

窓からは子どもたちの楽しそうな笑い声が流れ込んで来た。六歳になったハーディと、第二婦人が産んだ二人の弟王子と一人の王女だ。

穏やかな陽ざしが降りそそぐ春の午後だと言うのに、窓辺に佇んだアイシャは自身の腕をさすった。この部屋は真冬の地下牢のように、暗く冷え冷えとしている。

「母上！」

母の姿に気づいたハーディが大きく手を振った。

「薔薇の花が咲きました。母上も、いっしょに庭園を歩きましょう」

息子の言葉を最後まで聞かずに、アイシャは窓辺から離れた。

「王妃様は、お加減がよろしくないのですよ」

しょんぼりしているに違いない王子を、侍女たちが懸命になだめる声が聞こえた。

「後で薔薇の花をお届けしましょうね」

「母上は、お部屋に入れてくださらないもの」

アイシャは両手で耳を塞いだ。

自分は幸せな王妃のはずだ。国は豊かで、民からは「青の王妃」と讃えられている。王の愛は変わることなく、聡く優しい息子もいる。

けれどアイシャは孤独だった。

今では、王や息子と会うのは、公の場に限られていた。晩餐や午後のお茶の席で傍らに座れば、礼儀正しく思いやりに満ちたやりとりをするものの、アイシャは彼らをそれ以上心のうちに入れることができなかった。

もしも彼らを深く愛してしまったら、魔物に奪われてしまうのでは？

日増しに大きくなるその恐れを拭い去ることはできないのだ。

今ではアイシャがランプに触れることはなく、ランプの精が姿を見せることもなかった。

彼は古びたランプに身を潜め、ただその日が来ることを待っているのだ。

だんだん大きくなって、誰の命にも応えぬほど強い魔力を持って。


ふいに冷たい風が吹き込んで、灯を消した。流れる雲が月を隠し、侍女たちが小さな悲鳴をあげる。

アイシャはウードを奏でる手を止めて、侍女に命じた。

「王子を、寝室へ」

「でも母上、今宵は私の誕生日です。八歳になったのだから八つの物語を歌ってくださると。それに、一緒に月を見ると約束してくださいました！」

いつも聞き分けの良い王子が、珍しく駄々をこねたが、アイシャは取りあわなかった。何かを感じ取ったのか、王も静かに言葉を添える。

「言うとおりにしなさい」

「……はい」

しょんぼりとうなずく小さな姿に胸が痛んだ。アイシャは心をなだめながら、部屋を出て行こうとする息子を呼び止めた。

「ハーディ、私の小さな王子様」

幼い日の呼び方に、ハーディが目をみはる。アイシャは優しく告げた。

「あなたを、愛していますよ」


扉が閉まるのと同時に、窓辺に黒い影が降り立った。ランプの魔物だ。今では自在に姿を現すことができるようになった彼は腕に真鍮のランプを抱えていた。

「約束を果たしてもらおうか」

「おのれ、魔物め」

剣を引き抜いた王がランプの魔物に斬りかかった。初めて魔物を目の当たりにして腰を抜かしかけながらも、護衛の兵も剣を抜く。

「駄目です！」

アイシャの制止は間にあわなかった。魔物が煩《うるさ》そうに右手を振り、王と護衛の兵は一まとめに、壁に叩きつけられた。

「おやめなさい！」

アイシャが駆け寄ると、王は額から血を流していた。

自分が非力な小娘に戻ってしまったような気持ちになりながら、それでもアイシャは精一杯の威厳をまとって、ランプの魔物に命じた。

「下がりなさい」

ランプの魔物は冷ややかに倒れた王を見下ろすだけだった。契約の時は終わり、もはや彼がアイシャに従うことはないのだ。

「逃げよ、王妃」

自分を押しやろうとする王の体を、アイシャは抱きしめた。

「この人は渡さないわ」

王も王子も魔物の手には渡さない。誰にも、愛する家族を奪わせはしない。

「その男の命など、私には何の意味もない。約定どおり青き瞳を貰い受けるだけのこと」

魔物の言葉にアイシャはほっと息をついた。

「ずいぶんと欲張った私の望みを、お前はみな叶えてくれた。代価を惜しむつもりはありません」

その時、王がアイシャの腕を掴んだ。

「魔物よ、王妃の瞳の代わりに世に二つとない青玉を差し出そう」

領土の半分と同じ価値があると言われる宝だ。けれどランプの魔物は首を振った。

「私が欲しいのは、王妃の瞳だ。あるいは……」

ランプの魔物はニヤリと笑った。

「王子の青い目は王妃に生き写しだ。代わりにそれをいただこうか？」

「いいえ、約定のように私の目をお持ちなさい」

アイシャは静かに答えた。

「幼いお前のただ一つの武器であった青い瞳、それを失えば、お前は再び無力な小娘に戻るやもしれない。それでも良いのか？」

「かまいません」

「王妃は何も失わない」

アイシャの身をしっかり抱きしめて王は言った。

「王妃の知恵と勇気でわが国は幾度なく救われた。オアシスも、子どもたちの瞳も、みな王妃が守ったかけがえのない青だ。もしも青き瞳を失っても、王妃を愛する気持ちは変わらぬ。生涯、私が王妃の目となろう」

その言葉で報われたと、アイシャは思った。永久に光を失うとしても、この心が闇に包まれることはない。

ランプの魔物は奇妙なほど長い間、二人の姿を眺めていた。

「では、今宵。青い瞳をいただくとしよう」

やがて、そう告げて魔物は姿を消した。カランと、乾いた音を立てて床に転がったランプをアイシャは拾いあげた。

「さあ、私たちも休もう」

王の言葉にアイシャは囁いた。

「今宵は、ハーディも共に休みましょう」

最後にこの瞳に映すものは、世界で何よりも大切な人たちの姿であって欲しいから。

＊＊＊＊＊＊

「朝になって目覚めたアイシャは、驚きました。世界は変わらぬ光に満ちて、彼女の前に広がっています。健やかな寝息を立てる愛しい王子も、二人を守るように抱きしめていた王も、何一つとして変わらずに。アイシャが鏡を見ると、海のようだと讃えられた美しい青い瞳はなく、平凡な茶色の瞳がそこにはありました。魔物はアイシャの瞳を奪うことなく、ただその青だけを奪って行ったのです」

ひんやりとした瑠璃色のランプに指先を滑らせて、柚香は続けた。

「その青は、そっくり王妃のランプに移されていました。古ぼけた真鍮のランプは一夜にして、美しい青に染め上げられていたのです。それはやがて、瑠璃のランプとして今に伝わるのでした」

柚香はランプから顔をあげた。

息が詰まる数秒の後、眼球堂の店主はふっと息を吐き出した。

「下らないな」

「え？」

「小娘がノートに書き綴るようなお話は要らないと言った筈だが」

鋭い瞳に射抜かれて、柚香は息を呑んだ。店主には、骨董品から物語を読み取る力はない。だから見抜かれる筈はなかった。王妃の物語は、柚香が瑠璃色のランプから読み取ったものでなく、彼女が作り出したものだと。

「どうして……わかったんですか？」

「物語を紡ぐ者は、神にも魔法使いにもなれる。己の手で世界を作り出し、意のままに操る快感に溺れ、地に足がつかない頭でっかちが多い。君は、その典型だな」

彼は怒っていると言うよりも、呆れているようだった。

この物語を、店主とリラの幸福な未来を願って作ったことさえ見抜かれて、柚香はうつむいた。健やかな瞳が欲しいと焦る気持ちと、自分の物語を聞いて欲しい気持ち、色々なことがグチャグチャになってしまった。

「私は骨董から物語を読み取ることはできないが、君が生み出しそうな物語を想像することはできるんだ。長く、人を見て来たからな」

「ごめんなさい！」

彼を試すつもりは欠片もなかった。ただ、自分の作る物語を試してみたかったのだ。そこにある物語を語ることはたやすいけれど、それは柚香のものにはならない。

ずっと書きたい気持ちがなくなっていて、もう二度と書けないんじゃないかと不安にかられていた時に、ふと浮かんだ物語だったから。嬉しくて、ただ誰かに聞いてもらいたかった。対価を得たかったのではなく、一時の物語で店主の孤独を癒せるかもしれないと、傲慢にも思ったのだ。

「まあ私も、久しぶりに良い目の持ち主に出会い浮かれていたのかもしれないな。子どもを試すような真似をして悪かった」

「私は、そんなに子どもじゃありません」

むきになって柚香が言っても、店主は微笑むだけだった。

ああ、でも……子どもなのかもしれない。不安で焦って、こんなにもぐちゃぐちゃで、馬鹿な真似をした。誰かの物語を盗んだわけではないけれど、やっぱり恥ずかしいことをしたのだ。

このランプを渡してくれた時、眼球堂の店主は言った。

世の大抵の人間は、柚香が期待するほど繊細ではないし、わかろうとしてはくれない。柚香の方が伝えようと力を尽くさなければ、想いは伝わらないのだ。心から、この他に物語はないと言い切れるほどギリギリに練り上げたものだったなら、柚香の作り話でも店主は受け止めてくれたかもしれない。

柚香は笑いにも似たため息を零した。

「どうして、上手くできないのかな」

何気なくランプを撫でた時、柚香の脳裏に一人の女性の姿が浮かんだ。

ランプと同じく青い瞳をした美しい女性だ。彼女の声が聞こえる。その歩いてきた道が、望みが、彼女の心が。それは柚香が考えた物語と大きく違ってはいなかったけれど、ずっと確かで手触りのあるものだった。

「十年の年月が、皆の心を変えたんです」

柚香は言った。

野心家で、計算高く、人を信じることのなかった娘は、人生で最も尊い物を手に入れた。王もまた真実の愛を得て、積み重ねてきた二人の日々は、ランプの精の心も変えたのだ。

「聞いてくれますか？　今度はちゃんと……本当に見えたことを話すから」

「焦る必要は無い」

店主は柚香を制した。

「いつの日か、君は必ず自分の物語を語るだろう」

「え？」

「その日が楽しみだ」

今日はもう帰りなさい。

静かな声に背を押されて、柚香は眼球堂を後にした。シャランと銀鈴の音とともに扉が閉まる。


サイエンスコーナーを後にしようとした柚香は、足を止めた。別れ際の店主の言葉が妙に耳に残っている。あれは、どういう意味だったのだろう。

「その日が楽しみだ」

まるで、長く会えなくなるような。

やはり店に戻ろうと思った時だった。

「菊池先輩」

声をかけられて柚香は足を止めた。同じ中学の制服を着た小柄な少女が立っている。

「水沢さん」

水沢律子《りつこ》は文芸部の後輩だ。まだ作品を提出したことはなく、合評の時もあまり発言しないから、彼女がどんな風に書き、どんな風に読むか、柚香はわからない。部長なのにずっと部活に参加せず、投げ出してしまった気まずさがあって、柚香は言葉に困った。

「水沢さんは、おうちがこっちなの？」

さくらのデパートは、中学校からは電車で二十分ほど離れている。柚香はかかりつけの眼科クリニックがこの路線にあるので馴染みの場所だが、これまで同じ中学校の生徒に会ったことはなかった。

「本を探しに来たんです。家の近くの本屋では売っていなくて」

「わざわざ？　ネット書店もあるのに」

「手に取って見たかったので。先輩が以前に教えてくれた本です」

律子が鞄からメモ用紙を取り出した。差し出されたそれを受け取ってみると、確かに柚香が文芸部の活動で言及したことのある作家の著作リストだった。

「端末で調べたんですけど、あっちこっちに置いてあって」

短編を得意とする作家だが、書店によって分類されている棚が違うので、初めて探す人は戸惑うのだ。

「先輩、どれから読んだらいいか教えてくれますか？」

「うん」

柚香は律子を連れて、書棚を回った。律子が普段どんな小説を読んでいるのか聞いて、彼女が好きになりそうな二冊を選んでやる。二冊のうちどちらを買おうか真剣に悩んでいる律子に、柚香は思い切って言った。

「ごめんね、部活」

律子は目をぱちくりさせた。

「投げ出してしまって」

「体調が悪くてお休みするって聞きました」

いつの間にか、そういうことになっているらしい。

「ごめんね」

柚香は正直に続けた。

「体調が悪いんじゃなくて、ちょっと心が風邪をひいたというか……」

「ああ」

律子は目を瞬かせた。

「そうだったんですね。でも、文化祭に出す部誌なら大丈夫です。もうほとんど原稿は集まって、編集作業も終わっているので」

「もうとっくに入稿している時期でしょう？」

「それはですね。今回は学内で印刷しようってことになったんです。初心にかえると言うか、ちゃんと自分たちの手で作ろうって、伊東先輩が」

印刷所には顧問の橋田先生がきちんと話をし、代わりに職員有志の歌集を頼むことになったと、律子は続けた。

「……どうして？」

「あの……私たち、話をしたんです。何でもかんでも菊池部長に押し付けていたって。部長が、やってられないって怒るのも当たり前だって」

「怒ってるわけじゃ……」

でも、やってられないと思ったのは本当だ。柚香だって自分勝手だったのに。

「だから、先輩。締め切りはギリギリ待って三日後ですから」

突然ぴしっと指を突きつけられて、柚香は面食らった。

「え？」

「後は表紙と、菊池先輩の原稿だけです。みんな待ってますから。何度かメールしたんですけど、もしかして読んでませんか？」

「うん、ごめん」

文芸部のメーリングリストはあるのだが、ここのところチェックをしていなかった。

「先輩のお話、私は好きです」

「でも、私……」

書けない。そう言いかけて、柚香は言葉を飲み込んだ。自分で、自分を信じてやらなくてどうするのだ。書きたいと願ったからこそ、瑠璃のランプをモチーフに創作をしたのだ。

眼球堂の店主は言ってくれた。

「いつの日か、君は必ず自分の物語を語るだろう」

それがはるか先のことであっても、今なにもせず逃げ出すことの言いわけにはならない。

「わかった。書きあがったらメールで送る。それで……次の部活にはちゃんと出るから」

「待ってます」

にっこり笑った律子は、二冊の本のうち一冊を書棚に戻した。

「よし、こっちにしよう。お会計してきますね」

そう言ってレジに向かう律子は、当たり前のように柚香と二人で帰るつもりでいるらしい。ここで、用事があるからと別れるのも感じが良くないし、これまでちゃんと話したことがない律子ともう少し話してみたい気持ちもあった。

もう一度、眼球堂がある場所に目をやると、扉はすっかり消えていた。


家に帰ると柚香は制服を脱ぐ間もなく、鞄から緑色のノートを取り出した。瑠璃色のランプの話「青の王妃」を忘れないうちに書き記しておこうと、ページを開いたところで手が止まった。

ノートには栞のように一枚の紙片が挟まれていたのだ。柚香が挟んだ覚えの無いものだ。店でノートを手にしていた眼球堂の店主が挟みこんだものに違いない。

厚手の紙で出来た小さなカードだった。手に取ってみると、それは角が丸くなってしまっている古い診察券だった。

「……なんで、これが」

柚香が小学生の頃に通っていた眼科医院の物だった。小学校三年生の時に学校の視力検診で引っかかって、眼鏡を作る為に訪れたのが最初で、それから半年に一度ずつ通っていた。

母より少し若い、おっとりとした優しい女医のことが、柚香は大好きだった。

祖母から引き継いだと言う眼科医院は住宅街の中にある木造の小さな建物で、壁には視力測定用の表が貼られていた。幾度も通ううちに柚香はそれをすっかり暗記してしまって、測定には役に立たない物になってしまったけれど。

二年前に今の眼科クリニックに転院して、この診察券は使わなくなった。柚香は、どこかのんびりした空気が漂う小さな木造医院の方がずっと好きだったけれど、寛子は光干渉断《ひかりかんしょうだん》層計《そうけい》もないような小さな眼科はお気に召さないのだ。

その眼科医院の古い診察券を、どうして眼球堂の店主が持っていたのかはわからないが、彼が柚香に渡して寄こしたもので間違いない。

店主は言った。

「君に眼球そのものは渡さないが、それなりに価値あるものをあげよう。今日の物語が上手くいけばね」

今日の物語は大失敗だったわけだが、これは店主がオマケしてくれた「価値あるもの」かもしれない。

「行ってみようかな」

柚香はつぶやいた。でもすぐに現実的ではないと思い返す。

寛子はどうせ反対するだろうから黙って行こうと思ったが、保険証を使えば結局は知られてしまう。

今のクリニックに通い始めて二年近くなるが、状況が劇的に改善しないことには寛子も苛立っているから、別の眼科医にセカンドオピニオンを求めると言ってみる手もあるが、そうしたらきっと大学病院みたいなもっと大きな専門医の所に連れて行かれるだけだろう。

柚香は診察券を机の引き出しにしまうと、お気に入りのペンを取りあげて、物語を綴り始めた。

七章　瞳の力

大きなため息をついて、柚香は紙面に大きな斜線を引いた。レポート用紙の左下角から右上角に向かって勢い良く引かれた青い線が、そこに綴られていた物語を切り裂いて行く。全部、駄目だ。

さっきから、そんなことばかりしている。数行書いては斜線で消し、また数行書いては消す。時には苛立ってグルグルと螺旋状にペンを走らせて……無残なレポート用紙だけが溜まっていった。

ついに諦めて、柚香はペンを置いた。顔をあげて見回しても、図書室の閲覧室に他の利用者の姿はなかった。まだ五時限目の授業中だからだ。柚香は昼休みからずっと図書室にい続けているのだが、学校司書の田村《たむら》はうるさいことは言わなかった。トイレと水を飲みに席を立った以外はずっとレポート用紙に向かっていたのに、成果はたった三行だった。

五時限目の終了を告げるチャイムが鳴った。柚香はレポート用紙をとじてペンをしまった。今日は文芸部の活動日だ。人数が少なく、正式な部室を持っていない文芸部の活動場所は図書準備室だ。そろそろ、誰かが顔を出すかもしれない。

さくらのデパートの書店で律子に会ってから二日が過ぎていた。締め切りは明日だから、間に合いそうにない。情けないが、せめて「次の部活には出る」と言った言葉だけは守らなければいけない。手ぶらで参加するのは、気まずいけれど。

ちょっと、態勢を立て直して来よう。急な用事が出来たことにして、最後の方だけ顔を出しても良いし。

柚香は鞄を手にして立ち上がった。

「あら、今日は準備室を使うんでしょう?」

カウンターで作業をしていた田村が首を傾げた。非常勤の彼女の出勤は週に三度だ。もともと文芸部は、彼女がいない日に図書準備室を部の活動に使わせてもらっていたのだ。柚香が顧問の橋田と揉めた時に、鍵の管理も問題になった。今では週に二回の文芸部の活動のうち、一日は橋田が活動に立会い、もう一日は部員が自主的に活動する形となり、図書室の開室時間内に準備室を借りることとなった。

田村の出勤日に合わせて部の活動日が変更になり、広くない準備室を分けあっての活動となった。数時間のこととは言え、田村には負担ではと思ったが、自身も文芸部だったという彼女は部の活動に好意的だ。

「もうすぐ、みんなも集まるんじゃない？」

「部誌の表紙のことで、ちょっと美術部に寄って来ます」

とっさに口をついた言い訳だった。

「部長さんは大変ね、頑張って」

鞄は置いていけば？

そう言われるのではと身構えただけに、まったく疑いなく励まされて、柚香の胸はチリリと痛んだ。せめて表紙の件は解決しようと、柚香は美術室のある別棟に足を向けた。


美術室の扉はいつものように開け放たれていたが、中を覗くまでもなく活気に満ちた話し声が廊下まで溢れていた。前回、訪ねた時と違い今日は十名近くが集まっている。ほぼ部員全員だ。

一枚の大きなキャンバスを囲んで活発に意見を交わしているのは、ほとんどが知らない生徒だったが、部長の手塚が柚香に気づいてくれた。

「あ、ごめん！　表紙だろ？　後ちょっと待ってくれ。今日の部活で必ず決めるから」

手塚は大げさに手を合わせて続けた。

「今まさに、総力をあげて仕上げているところだから」

「え？　もう出来上がっていたじゃない、二枚も」

どちらを選ぶか決めてくれれば、それで良いのだ。

「それがさ、やっぱり描き足りないって意見が出て、手を加えているんだ」

手招きされて、柚香はキャンバスに近づいた。

「今年は部員の合作にしてみたんだ。バラバラに描き足していったから全体のバランスが取れなかった。それで今日はみなで集まって最後の仕上げを」

「もう一枚の方は？　西条君だったっけ？　彼の絵」

柚香は美術室を見回した。そこに少年の姿はない。西条の名前を出した瞬間、さっとその場の空気が変わったのが感じられた。

「西条は美術部を辞めたんだ」

「……そうなの」

「だから彼の作品を部誌の表紙に使ってもらうわけにはいかない」

彼らの決定に口を挟むことはできなかった。代わりに柚香は訊ねた。

「この間、彼が描いていた絵を、もう一度見たいんだけど、持ち帰っちゃった？」

「いや、準備室に片付けてある。あっち」

手塚は美術室の隣を指差した。

「見ていい？　部外者が勝手に入ったらまずいかな」

「それはぜんぜん構わないけど、ゴチャゴチャしているから。あ、小山《こやま》、ちょっと一緒に行ってやってくれる？」

「はい」

手塚に指名された女子生徒が、ぴょんっと立ち上がった。

「気をつけて下さいね。油絵の具が付いちゃうと落ちないし、釘が出てることもありますから」

一年の小山と名乗った美術部員に案内されて、柚香は準備室に踏み入れた。

「ありがとう」

石膏像をはじめデッサンに使用する小物類で部室は雑然としていた。奥の方に書棚があるが、収容能力をはるかに超えた書物が無理矢理押し込まれ、雪崩《なだれ》を起こしそうだった。書棚の横には山ほどのキャンバスが立てかけられているが、大きさや向きがバラバラで、ここから目的の物を探し出すのは骨が折れそうだった。

「うちの部、顧問の先生が放任主義で、部長もあんな感じなので……」

小山が苦笑しながら、パイプ椅子や段ボールを押しやって作ったスペースにイーゼルを立てる。

「西条君の絵ですよね。あれなら、すぐ出せます」

グチャグチャに並んだキャンバスの一角ではなく、反対の壁際に立てかけられていた一枚を小山は運んできた。柚香も手を貸して、二人できちんとイーゼルに飾る。

あの日、柚香が見た時よりも絵はずいぶん描き込まれていた。野葡萄の蔦に深い陰影が加えられている。

「こんなに、凄い絵を描いたのに……」

ひっそりと小山がつぶやいた。

「西条君は、どうして美術部を辞めたの？」

柚香の問いかけに、小山がぱっと顔をあげた。

「それは……」

「イジメがあったとか？」

何か言いたそうなのに口をつぐんでしまう小山に、柚香はあえてそう言ってみた。

「それは違います」

小山は強く首を振った。

「確かに、西条君と他の部員は上手くいっていなかったけど、イジメとかじゃなくて。むしろ、西条君の方が酷かったんです。他の部員の絵を馬鹿にして。先輩たちは、ずいぶん我慢してくれたんですけど」

柚香は美術室で会った少年の姿を思い浮かべた。彼には確かに己の才能を鼻にかけるようなところがあった。

「それで、彼以外の部員が部活に出て来なくなったんでしょう？　それが、どうして反対になっちゃったの？」

「描けなくなっちゃったんです」

小山はポツンと言った。

「私、西条君とは小学校から一緒で、わりと親しくしているんです。彼から電話がかかってきて、急に描けなくなったから部活を辞めるって。西条君、泣いていました」

「泣いていた？」

「今は学校には来ているけど、ほとんどしゃべらなくて、それ以上のことは何も」

「それは、やっぱり何かあったんじゃない？」

「中学に入ってからの西条君しか知らない人たちは、人が変わったみたいだって言うけど。でも私は……西条君はもとに戻っただけだと思うんです」

一年生の少女はぎゅっと手を握りしめた。

「西条君はもともと、静かで優しい人だったんです。男子が苦手な私も平気でしゃべれたから、美術部に誘ったんです。西条君が、あんな風に他の部員と対立するなんて、信じられませんでした。絵も、まるで変わってしまったし」

「これは、模写だから……」

「ぜんぜん、違うんです！」

小山は柚香の言葉を遮ると、ポケットからスマートフォンを取り出した。幾つかの操作をして呼び出した画像を柚香に差し出してくる。

「もともと、西条君はこんな感じの絵を描いたんです」

ふんわりとしたタッチの水彩画だ。可愛らしいが、上手いとは言えない。柚香の表情から感想を察したのか、小山はうなずいた。

「西条君は絵を描くのが好きだったけれど、あんまり上手じゃありませんでした。美術部に入るのも最初は尻込みしていて、私が無理矢理引っぱってきたんです。それが、いけなかったのかな」

独り言のように小山は低い声でつぶやいた。

「西条君、人が変わったみたいだった。……まるで、何かに取り付かれたみたいで」

柚香には、小山の言葉を突拍子もないものと笑い飛ばすことはできなかった。美術室で出会った少年の様子は確かに、普通ではなかったのだ。

あなた、この絵を知っているんでしょう？

そう言って、近づいてきた西条の眼差しを思い出すと、今でも背筋が冷たくなる。

「小山さんのせいじゃないと思うけど」

一年生を慰めようとした言葉だったが、口に出してみるとそれは確信に変わった。

彼が本来は小山が言うとおり、静かで優しい性質だったとしたら、あの日の西条はやはり別人のようだった。まるで、何者かに操られているかのようだった。

西条は取引をしたのかもしれない。眼球堂の店主が柚香の中に見出したものに近い何かを少年も持っていて、才能と引き換えにそれを売り渡した。そして、描けなくなったと泣いたと言うからには、自らの意思で契約を破棄したのではない。

何者かが西条を操り、今は解放したのだとしたら？

何故、解き放った？　目的を果たしたからではないのか？

「小山、ちょっと良い？」

手塚に呼ばれた少女が準備室を出て行くことにも気づかず、柚香は懸命に考えた。

西条の背後にいた者は、エディス・グレイの絵を探していた。正確には絵ではなくタペストリーであるけれど、それが眼球堂にあることまでも掴んでいたのだ。

その者が真実、探しているのは眼球堂であり、探りだそうとしているのはリラの行方だ。

「知らせなきゃ」

危険が迫っていることを二人に知らせなければならない。

けれど、柚香がいつものようにさくらのデパートを通って店に行くのは危険だ。柚香は見張られているかもしれない。いや、既に見張られていて、柚香の存在が敵を引き寄せてしまったのかもしれないのだ。

柚香は財布から眼球堂に貰ったショップカードを取り出した。店名と電話番号しか載っていないシンプルなカードだ。震える手で携帯電話を掴み電話をかけた。流れ出したものは無情なメッセージだ。

「おかけになった電話は、お客様の都合で通話ができなくなっております」

柚香はキリリと唇を噛んだ。何か、他に手がある筈だ。眼球堂は以前に、店と柚香の家の玄関を直接繋いでくれたことがある。あれと同じことが、自分にもできれば。

柚香は、西条が残したキャンバスを見つめた。エディス・グレイの絵。彼女が妖精の少女のために作った、世界の壁を越える為のタペストリー。

「できる」

柚香は呟いた。

「私にはできる」

扉を開くことができる。強く信じ、キャンバスに手を伸ばした。絵の表面に指先が触れた瞬間、ピリピリと伝わってくるものがあった。

柚香は目を閉じて、眼球堂を思い浮かべた。ステンドグラスが嵌め込まれた木の扉、耳に心地良い銀鈴の響き、木製の床に響く足音、艶やかに磨き上げられた紫檀のテーブル、壁に灯るランプ、そして時をへた品々が放つ独特なあの香。

ごうっと、強い風の音がした。密度の濃い水のようなものを押しのける感覚が両手に伝わって来る。

柚香は思い切って、飛び込んだ。


次の瞬間、柚香が転がり込んだのは眼球堂の店内だった。勢い余って膝をつきそうになって懸命に踏みとどまると、背後でパサリと微かな音を立てて葡萄の夕ペストリーが揺れていた。

肩にかけていた鞄の中身が床に散らばった。ポーチと緑のノート、携帯電話、眼鏡ケース。

柚香が慌てて拾い集めようとしていると、膝をついた誰かの手がノートを拾った。

「……リラさん」

柚香の目の前に、一度だけ店の前ですれ違った少女がいた。桜色の唇が笑みの形を作る。

「あなたが柚香ね」

「良かった、間に合った。この店を気づかれました、早く逃げて……」

一息にそこまで言ったところで、柚香は強く腕を掴まれた。

「どうして、ここに来た？」

いつの間にか、すぐ近くに眼球堂の店主が立っていた。彼は見たこともないほど、厳しい眼差しをしていた。

「リラさんの追手が……」

「わかっている。君は、わざわざ巻き込まれに来たのか？」

柚香はその時、きな臭さに気づいた。薄っすらと煙が立ち込め始める。飾り窓の向こうが朱色に染まっていた。

「火事？」

「奴らが火を放ったんだ」

「逃げなきゃ」

「店を囲まれている。回廊は押えられているんだ」

店主は柚香を引きずるようにして店の出入口に向かった。

「この扉は閉ざされていない。君は早く立ち去るんだ」

リラの手から鞄を受け取ると、柚香の胸に押し付ける。

「さあ、これを持って」

「あなたたちは？」

店主は淡く微笑んだ。

「私は、扉から出ることができない」

「だって、リラさんは……」

「そう、彼女は出て行ける」

けれどリラは動こうとしなかった。ひたりと寄り添う彼女の眼差しを見れば、一人で逃げることは決してないと覚悟が伝わってきた。そのことは店主もわかっているのだ。彼は静かに言った。

「こうなってみると、最後に君の作る物語を聞けたことも、良き思い出だ。君が健やかで、幸福であるように祈っている」

「やめて」

二度と会えないというような、そんな言葉は聞きたくない。

柚香が訴えると、店主はわずかに眼差しを和らげた。リラが優しく囁いた。

「物語がいつでも、あなたの傍らにありますように」

「待って！　青の王妃の物語だって、本物はまだ聞いてもらってないのに」

ノートに綴りはしたが、まだ語り聞かせてはいない。緑色の表紙のノートはリラの手にあった。

「これは、私が貰っても良いかしら？」

「かまいませんけど、でも……」

「ここで全てを終わりにするのも悪くないと思ったけれど、あなたが飛び込んで来て、欲が出たわ」

「君がエディスの扉を開けたことは、奴らにとっても計算外だろう。網に綻びが生まれている。今なら、わずかな可能性がある」

店主が柚香の腕を掴んだまま、扉に手を伸ばした。

「離して！」

「君が店から飛び出して囮《おとり》になってくれた方が、我々の逃げる確率が上がると言うものだ」

柚香は抵抗したが、男の力には敵わない。

「またいつか、会いましょう」

リラはそう言って店の奥に向かって歩いて行った。既に一部に炎が舌を伸ばしている夕ペストリーに手を触れる。

「待って！」

入口の扉を大きく開け放った店主が、柚香を放り出した。

柚香は突き飛ばされるようにしてフロアに転がり出た。膝を強く打って、一瞬痛みに動くことができなくなった。少し煙を吸ったのか、頭がくらくらする。

何とか呼吸を整えて顔をあげてみると、いつもは閑散としているサイエンスコーナーが騒然としていた。慌しく人が行き交い、甲高い声が飛び交う。そしてきな臭さ。

「お客様、もうしわけありませんが、こちらのフロアは既に営業を終了いたしました」

従業員が客たちを階下のフロアに誘導していた。

「さあ、あなたも」

ようやく立ち上がった柚香の腕を女性店員が掴んだ。咄嗟にそれをふり払って、柚香はトイレに続く通路に向かった。そこに眼球堂がある筈だ。だが消火器を手に走ってきた従業員に行く手を阻まれる。

「下がってください」

消火剤を放射する音が響き、あたりは独特の香と、それを上回る焦げ臭さに包まれる。柚香はなおも先に進もうとした。

「駄目だよ、君！」

すぐに腕を掴まれ引きずり戻されてしまうけれど、焦げた壁と、あたりに撒き散らされた白い粉末を見れば、何があったかは明らかだ。

「トイレで、ちょっとした不審火があっただけだ。さ、戻りなさい」

「誰も怪我した人はいないんですか？」

柚香は紺色のスーツを着た責任者らしい男に縋りついた。あんまり必死な顔をしていたからだろう。男は足を止めた。

「誰か、一緒に来た人とはぐれたのですか？　大丈夫、火はすぐに消し止められましたし、巻き込まれたお客様はいらっしゃいません」

「違うの、そうじゃないんです」

柚香は震える手で鞄の蓋を開けた。中から眼鏡ケースを掴みだし、眼球堂の店主に渡された眼鏡を取り出す。ペンケースやノートが、いっしょになってバラバラと飛び出してきたが構ってはいられない。

自分がしていた眼鏡をフロアに投げ捨て、重いガラスレンズが入った眼鏡をかける。柚香の尋常ならざる行動に、周囲から奇異の視線が向けられた。

柚香の視線の先には、焼け落ちた眼球堂があった。

開かれたままの扉も黒こげだが、店内はもっと酷かった。既に消し止められた筈の炎が絨毯やカーテンをなめるように広がる幻が見えた。絹で作られた人形の髪はチリチリと燃え、水栽培用のガラスの器は熱に耐え切れず砕け落ちた。

幾度となく店主と向かい合って座ったソファも、彼が身軽にのぼっていた梯子《はしご》も、何もかもが炎に飲み込まれていく。柚香は悲鳴をあげた。

炎の中に逃げ惑う人の姿は見えなかった。それでも、失われてしまう。リラが世界中から集めた骨董品の数々が、店の奥にあるという眼球のコレクションが、柚香が拾いあげた物語が。何もかもが、炎に消えてしまう。

柚香は焼け落ちた眼球堂に飛び込もうとした。誰かの腕が柚香の体を抱きとめる。離して欲しくて暴れるが、全く自由にならない。悔しさと、何よりも店主やリラを失う恐怖にかられて、柚香の瞳に涙が溢れた。

二人を助けてと、叫び続けているうちに、ふっつりと意識が途切れた。

「はい、もう目を開けても良いわよ」

あたたかい手が柚香の瞼に触れた。柚香はゆっくりと目を開く。

検査に使った目薬のせいか少しだけ眩しいような気がするが、白いカーテン越しに柔らかい午後の日差しを感じて、柚香はほっと息をついた。

「んー、そんなに心配な感じじゃないわねえ。眼底は綺麗だし、眼圧も正常」

サラサラとカルテにペンを走らせながら、先生はおっとりと言った。

「検査も半年に一度くらいで良いわよ。眼鏡はもう少し視力が出るように作っても良いけれど、あまり度を強くすると疲れるし、日常でそんなに困っていないなら、このままで良いと思うけど」

どう？　と聞かれて、柚香はじっくり考えた。時々は不便を感じるけれど、そんなに困っているわけでもない。

「少しこのまま様子を見ます」

「一応、アレルギーの目薬だけ出しておくわね」

クリニックで処方されていた他の目薬は必要ないと先生は言うのだ。

「目薬も使いすぎると、自力で調整する力が弱くなるから、良し悪しよ」

「はい」

「じゃあ、また半年後にね。あんまり心配しないで。お母さんには私からお話しておくから」

そう言われて柚香は診察室を出て、代わりに寛子が呼ばれていった。

柚香は二週間に一度通っていた眼科クリニックをやめて、幼い頃に通っていた小さな眼科医院に戻ることになったのだ。寛子が比較的あっさり賛成したのは、さくらのデパートで柚香が引き起こした騒ぎのせいだった。

あの日、パニック状態になった柚香を保護したデパートの責任者は、鞄に入っていた携帯電話で寛子に連絡を取った。平日昼間からサイエンスコーナーにちょくちょく現れる、ちょっと気をつけるべき子どもとして、柚香はマークされていたらしい。

何か思い当たることはと問われた寛子も、寛子から話を聞いたデパートの産業医も同じ結論に達したのだ。つまり柚香は目の治療のせいでノイローゼ状態だったのだと。

「びっくりしたわよ。あなたがワンワン泣いて、意味のわからないこと叫んでたって聞いて」

「ごめんなさい」

「でも、ちょっと安心したの」

寛子はほっと息をついた。

「あなた、ここのところ、ずっとぼんやりしていて。なんだか感情が抜け落ちちゃった感じだったから」

それから寛子は、あの古い診察券を柚香に差し出した。デパートで柚香が鞄の中身をぶちまけた時に、落としてしまった物だ。

「高杉《たかすぎ》先生のところに行ってみましょうか？　何だか私も、つき物が落ちたみたいな気がする」

柚香はうなずいて、診察券を受け取った。眼球堂の店主が、価値ある物だと言って渡してくれたものだ。


寛子が診察室で先生と話をしている間、柚香は待合室の椅子に座って、天井を見上げた。考えるのは眼球堂のことだ。

今、さくらのデパートの六階フロアは半分改装中となっている。柚香のもとには店主から渡された眼鏡が残っているけれど、改装工事が終わったあの場所に眼球堂は二度と現れない気がする。

もしかして、何もかもが夢だったのかもしれない。

店主の名前さえ、柚香は聞かなかったのだ。

それでも、あの不思議な店で柚香が拾った物語がある。物語を書きとめたノートはリラが持って行ってしまったけれど、柚香が忘れない限り世界から消えてしまうことはない。

そして物語が消えない限り、眼球堂の店主とリラもどこかで無事に生きていると信じられるのだ。

「君が健やかで、幸福であるように」

それは店主がくれた別れの言葉だけど、今は柚香がそう告げたい。あなたのおかげで、私は自分の目を取り戻した。何よりも尊く、何ものにも代えがたい、私の目を。

いつか必ずもう一度会って、その時は、あなたの心を動かす物語を届けたい。

長椅子の背もたれに身を預けて目を閉じると、待合室の窓から射し込む午後の陽がチラチラと頬を撫でた。

そしてひそやかにまた一つ、物語の幕が上がる。


語られることのなかった物語を、彼はもう幾度となく目で追った。柚香からリラへ渡されたノートだ。ページの一部が焦げてしまっていて、判別のつかない文字も混じっているが、物語を読むことに支障があるほどではない。

青いペンで綴られた文字は、今どきの子どもにしては珍しいほど、端正だった。真面目で、繊細な彼女の性質そのものだ。

柚香は不思議な目を持つ少女だった。彼には見ることがかなわない世界を見て、隠された物語を紡ぎ出した。その力に興味を持って、繰り返し店に足を運ぶように仕向けたのだ。彼女が最も欲する物を目の前にぶらさげて。

結果として、自分たちの危険な運命に巻き込んでしまった。

「彼女は、大丈夫よ」

優しい声とともに、ふわりと肩を抱かれた。男の肩越しにノートをのぞきこんだリラは微笑んだ。白い指先がノートを滑る。そこに少女の姿が見えているように。

「この店で過ごしたひと時は、彼女の人生を豊かにこそすれ、損なうものではない」

リラは時おり、予言めいた言い方をする。

「本当か?」

自分でも驚くほど、心もとない声だった。

「ええ、間違いなく」

リラの声には揺らぎがない。

「あなたにとっても、そうね」

「私が？」

「彼女に会って、あなたは変わったの」

リラは男の隣に腰をおろした。彼らが座っているのは、かつて柚香の話を聞く時お茶を飲んだソファセットだ。

「あなたは、誰にも動かされることがない、誰も心に入れようとしない人だった。いつだって、通り過ぎる光景を自分には関係ないものと見送っている人だった。でも今は違う。そのことが、私はとても嬉しいの」

彼は苦く笑った。確かに自分は変わってしまった。

柚香が最初に訪れたあの日まで、店の扉は閉ざされていたも同然だった。ただリラが持ち込む品を引き取る口実があれば良かったのだ。隠れ家として、むしろそうあるべきだったのに。

「変わらなければ、失うこともなかった」

男は手を伸ばしてリラの髪に触れた。長くゆるやかに踊っていた髪は今、ずいぶんと短く切られてしまった。店を焼いた炎が燃え移ったのだ。細い首筋にも、炎を消そうとした彼の手にも白い包帯が巻かれていた。

今ここに、焼け焦げた商品の残骸はない。骨董屋・眼球堂は存在そのものが次元の狭間に消え去ったのだ。二人が腰を下ろすソファも、手の中にある柚香のノートも、かろうじてとどまる幻影に過ぎない。

「それでも、私たちは生きているわ」

生きて、明日へと歩いて行くことができる。

「……そうだな」

リラが立ち上がった。

「さあ、行きましょう。ここもじきに無になってしまう」

彼はうなずき、静かにノートを閉じた。決して短くない時を過ごした、一つの世界に別れを告げる。


二つの足音が遠ざかり、世界はゆっくりと崩れ始めた。紅いビロード張りのソファも、クルミ材のローテーブルも、砂で作られた細工のようにサラサラと消えて行く。

最後に残された一冊のノートもまた、水底に沈む光のように、ゆらゆらと煌きながら時の狭間に消えていった。


（終わり）

小林栗奈（Kurina Kobayashi）

1971年生まれ。東京都多摩地方在住。

表の顔は地味で真面目な会社員だが、本性は風来坊。欲しいものは体力。2015年、第25回「ゆきのまち幻想文学賞」長編賞受賞。2016年『利き蜜師』で第三回「暮らしの小説大賞」出版社特別賞を受賞し、『利き蜜師物語　銀蜂の目覚め』（産業編集センター）として刊行。他に『利き蜜師物語２　図書室の魔女』『利き蜜師物語３　歌う琴』『利き蜜師物語４　雪原に咲く花』（産業編集センター）がある

骨董屋《こっとうや》・眼球堂《がんきゅうどう》

2019年4月15日　第一刷発行

著 者　小林栗奈

装 画　ふすい
装 幀　カマベヨシヒコ（ZEN）
編 集　福永恵子（産業編集センター）

発 行　株式会社産業編集センター
〒112-0011東京都文京区千石4-39-17

印刷・製本　株式会社シナノパブリッシングプレス

ISBN978-4-86311-219-3　C0093

利き蜜師物語3
歌う琴

音楽祭を数日後にひかえた芸術の都・月の古都に、仙道とまゆの乗った飛行船が不時着した。そこは利き蜜師の権威が通じない特殊な町だった。一行は飛行船の同乗者である琴の名手・エイラの館に身を寄せることになるが、大祭の日、まゆは銀黒王の存在に気づき……。

利き蜜師の物語第三話。

定価：1200円（税別）
装画：六七質

利き蜜師物語4
雪原に咲く花

冬のカガミノで、奇病トコネムリが突然変異を起こした。一気に罹患していく村人たち。仙道は病のかげに銀蜂の王の存在を感じ取る。すべての魔術師を己の支配下におき、世界を支配しようとする王。まゆと仙道は命がけで最後の戦いに挑む。やがて、仙道の体にはある変化が起き始め……。

シリーズ完結！

定価：1200円（税別）
装画：六七質